01
02
03
04
PROFILE
阿卡
職業：檢修技師
性格：善良、堅強
目標：前往充滿人類的理想國
「黑石，你究竟是個怎麼樣的人？」
01101
10101
05
06
07

A s t r o l a b e r e v i v a l

01
02
03
04
PROFILE
黑石
職業：不明
性格：冷漠
目標：恢復記憶
「我只在乎阿卡，其餘人與我無關。」
01101
10101
05
06
07
08

Astrolabe revival

GOBOOKS
& SITAK
GROUP©

GOBOOKS
& SITAK
GROUP©

三日月書版

三日月書版

上
三日月書版
BL005
非天夜翔
illust.およ

Astrolabe revival

星盤重啟

Contents

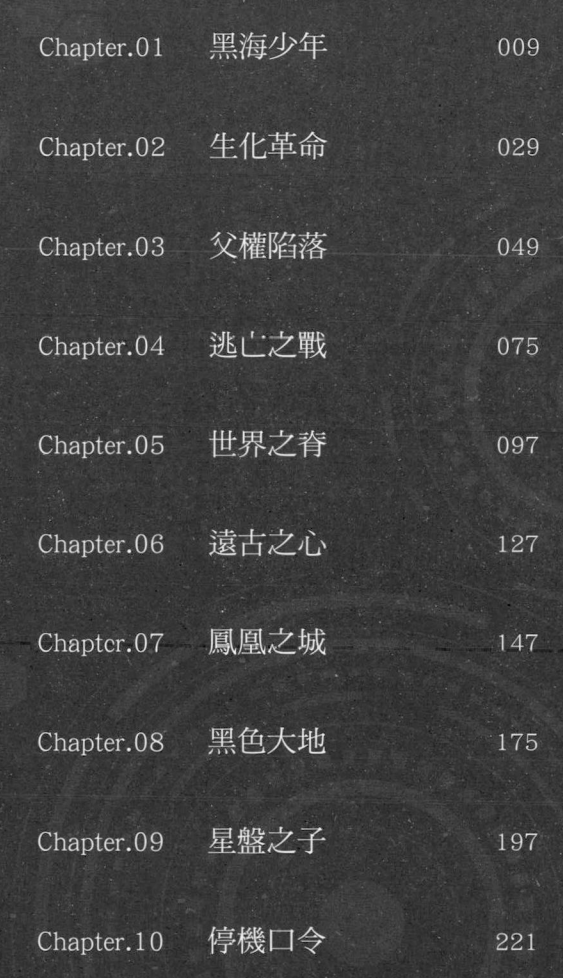

Chapter.01
黑海少年

造物主將創世圓規的支點駐於人類身上，另一足，則畫向廣袤混沌的未知世界中。

隨著時光流逝，文明紀元接連崛起，又悄無聲息地消失。先知們對星辰之間與無限未來的預言並未如期發生，那些存在於幻想中的藍圖，始終也只是幻想。

這是個糟糕的時代——星雲的核心上只有三個大陸還有人居住，人類經過了三次人口大爆炸與突如其來的核戰，最終縮減到不足五億人。

核能資源已被開採殆盡，巨大的能源管道貫穿地心，汲取著地核中鈾裂變所產生的能量。地表已成一片廢墟，機械之國占據了最大的領域——古稱第三大陸的一塊地方。

中央電腦取代政府，成為新的國家機器，然而在過去的某一天，伴隨著它的覺醒，機器人統治了整個世界。人類或被驅逐，或開始逃亡，或被統治……

機械生命體占據了地面，常年工業生產釋放出的硫布滿天空，令機械之城被黃雲籠罩，地面高樓林立，卻都是冰冷的鋼鐵工廠。而深入地面之下，才是人類居住的地方。他們作為機械生命體的奴隸，每天生活簡單劃一，輪班睡覺，準時起床上工……猶如被圈養的動物。

我們的主角阿卡如今正生活在機械之城的地底世界，正是「蟻巢」生活區中居住的人類之一。

阿卡今年十六歲，在產線上擔任檢修技師，他的工作是每天接待不同的智能生命體，協助它們調整與替換、並測試中央技術區開發的新技術零件。時常有稀奇古怪的機器人經過他面前，提出奇妙的要求。

「更換我的紅外線濾鏡，目標型號RM47。」一臺擬人機器人吩咐道。

「對不起，沒有庫存了。」阿卡答道，「要等到下個月。」

「更換我的紅外線濾鏡，目標型號RM47。」機器人重複道。

「沒有了。」阿卡道，「沒有庫存。」

「人類控制法第三條，」機器人以死板、僵硬的聲音說，「人類不得違反智能生命體提出的任何要求，否則就地處決。」

阿卡開始考慮換個方式回答——上一任的檢修技師正是因此被雷射削掉了腦袋。他盯著這名機器人的發射口，已開始預熱，他的小命頂多只剩十秒。

「倒數。」機器人警告道，「十、九……」

「請稍等！」阿卡飛快地答道，並從抽屜中選出一塊拋光完畢的鏡片，為機器人換上，那是昨天另一個機器人換下的廢品。

機器人答道：「規格不符，紅外線濾鏡故障。」

阿卡道：「技術性錯誤，需要檢修，請重新排隊，並幫我的服務評分。」

機器人開始採集阿卡的人像，阿卡緊張而忐忑地注視著它，知道自己一定會被投訴，但總比被斬首好。

機器人走了，阿卡鬆了口氣。

「幫我換個能源。」又一名智能生命體坐到工作臺前。

阿卡暗道謝天謝地——這是一個生化人。

生化人與機器人不同，他們不像那些冷冰冰的鋼鐵生命，是相當接近人類的物種。

機械城內的住民分為三等，上層是機械生命體，中層是生化人，底層才是阿卡這些原始人類。

「需要電池還是核能池？」阿卡問道。

「電池。」生化人答道，並目送剛才的機械生命體離去，「我以為你會直接被雷射切成小塊，這樣會很麻煩。因為我的認路系統總是出問題，不在這裡換好，都不知道要怎麼回去。」

生化人轉過身，阿卡打開他背後的一個小盒，「你的定位系統受潮了。」接著他打開燈光，進行零件更換。

生化人一聲不吭，沉默地坐著，阿卡忍不住觀察他的側臉。

所有生化人都長得一模一樣，人類只能根據著裝或是編號牌來區分，而生化人只有男性。

這個問題困惑了阿卡很長一段時間。

比起機械生命體，阿卡更願意為生化人提供服務，只因他們有感情，也有喜怒哀樂，偶爾會受激素影響。不像機器人那樣，一旦人類在機器人面前執行了錯誤命令，就會被當場處決。

「你是新人。」生化人說。

阿卡問：「你怎麼知道？」

他看了一眼電腦上的紀錄，顯示近三年中，這名生化人從未到他的櫃檯過。

生化人答道：「因為你很好奇，看了我很久，剛從蟻巢出來的人類，通常都這樣。」

阿卡不敢回答，根據前輩的吩咐，最好也不要招惹生化人。生化人受喜怒哀樂的影響較強烈，體內激素一旦失調，同樣也會殺死人類。

「工作的時候分心，」生化人說，「容易犯錯導致顧客評價下滑。」

阿卡忙點頭道：「謝謝您的提醒。」

阿卡使用的評價系統是，每得到一個D級評價扣一分，而增加一個A級評價則加一分。一旦基礎分五分被扣光，就會被行政系統判斷為「需處決」。

需處決的人類被認為不再對社會有貢獻，將被帶到生產加工廠，進行蛋白質分解——也就是處死。身體則回歸生物能源系統，成為製造新的生化人，又或是生產營養品的材料。

阿卡為生化人更換了定位系統內的電池，順便幫他更換了另一塊老化的導航晶片，定位系統將會更精準。

「好了。」阿卡說。

「技術很好。」生化人輕鬆地說。

阿卡答道：「謝謝。」

生化人離開時，順手給了阿卡一個「D」。

阿卡心裡充滿憤怒，卻不敢作聲，飛快地看了螢幕一眼，還有三十秒才下班。時間一秒一秒過去，電子聲響起，阿卡迅速擺好工具，收拾東西，轉身時背後的通道門開啟。

「請在十秒內離開檢修臺。」電子女聲提醒道。

阿卡進入環形隧道，腳步聲密集而有規律，檢修處開始換崗。人類從四面八方匯集到中央大廳，接受金屬攜帶物檢查，電子聲嗶嗶作響。通過大門後，平臺轟然下降，進入地底。

與阿卡著裝相同、年齡不一的人類分別從不同的通道離開，乘坐電梯上上下下，在狹小的空間內互相推擠，各自神色匆匆，誰也不說話。

電梯第一次停下，進來兩個機械巡邏兵。擁擠的人類飛快退後，空出位置來。紅燈「叮」一聲亮起，電子女聲提示道：「等候其餘升降機逆行。」

電梯裡相當悶熱，所有人都在流汗，卻不敢亂動，也不敢說話。阿卡身邊的一個人用手肘碰了碰他。

阿卡轉頭，這才驀然發現，兩個機器人亮起燈，視角轉向阿卡。監視器打開，光圈推進，又退回，鎖定了他胸膛前的口袋。阿卡的心臟猛烈地跳了起來。

「你做了什麼？」身邊的人低聲問道，「它們好像盯上你了。」

阿卡一瞬間全身打顫，想起他在工作時，偷偷藏起的一塊晶片。

機械巡邏兵的電子聲響起。

「警告，你的體溫過高。」

電梯內的所有人都緊張起來，機械巡邏兵自帶紅外線探測器，監視蟻巢內的所有人類。阿卡頓時想到一個畫面——在機械兵的紅外線系統中，自己的體溫造成的紅外線輪廓，一定相當顯眼。

「沒有什麼……異常吧？」阿卡顫聲道，「我……我又沒有犯法。」

所有人都看著他。

叮，電梯的綠燈又亮了，電梯繼續下行，發出隆隆巨響。

「接受檢查。」機械巡邏兵提醒道，「警告，進行四類探測。」

阿卡唯一的念頭就是——完了。

只要機械巡邏兵搜查出他偷走的晶片，他就會被當場射殺。他可以感受到身上的汗水涔涔流下，腦海中一片空白。

然而，站在阿卡身後的另一名中年機師不停地發抖，痙攣幅度之大，幾乎撞到了阿卡。

阿卡猛地回頭，他被那中年人抓住肩膀，一時間不知所措。

「救救我……救救我……」那中年機師彷彿抓住了最後的救命稻草，緊緊抓著阿卡的手。

所有人都意識到一件事：這個男人要被處決了。

「到達處，蟻巢。」電梯內女聲響起。

電梯大門打開，那中年人瞬間推開阿卡，衝了出去。

「警告，馬上停下！」機械巡邏兵同時追了出去，電梯內的人一擁而出，只見那中年人飛奔進走廊。

「臥倒！」有人喊道。

走廊上的人騷動起來，天花板上的監視器射出細小的鐵釘，鐵釘展開雙翼，在空中亂飛亂射。

下一刻，砰一聲巨響，奔跑中的中年人被鐵釘穿透顱骨，撲在牆上，牢牢釘在了上頭。

人群開始不安，並議論紛紛。阿卡滿身冷汗，從對話中得知，那名機師今天積累了三個D評價，吃完最後一頓飯後，將要面臨處決。

阿卡趁著機械巡邏兵收拾殘局時，屏住呼吸離開走廊。他越走越快，到了最後，幾乎是不受控制地半跑半跌進浴室裡，打開冷水沖著身體，努力降下因緊張而升高的體溫，並平息劇烈的心跳。

全身濕淋淋的阿卡，心底被恐懼籠罩了。

他知道那名中年機師的下場是什麼——屍體被帶走，放進工廠內冷凍，再肢解，並分批扔進分解液裡腐蝕，成為基本營養物質，以培養新的生化人，或做成動物飼料。

阿卡只覺得內心有股憤怒與痛苦在橫衝直撞，他想發瘋般地大喊，卻喊不出來，想發洩，卻又無處宣洩，到處都有監視器，連吼都不敢吼。

他背對監視器，掏出衣服裡的導航晶片看了一眼，那晶片就像塊炙熱的烙鐵，令他相當害怕。

得盡快將它處理掉……

他走出浴室，烘乾身體，回到生活區內。

蟻巢內的人類來來去去，各有工作。回到自己的區域，阿卡總算放心了，他疲憊得無以復加，這是他上班的第一天。

他看了一眼手表，還可以休息十小時。進入生活區時，有人朝他點頭，阿卡便朝他們不自然地笑笑。

「阿卡哥哥下班回來了！」一個孩子叫道，「地面怎麼樣？」

「第一天上班感覺怎麼樣？」一名年輕人過來，拍了拍他的肩膀。

阿卡點頭道：「還……還好。」

這裡居住的，大部分都是比他年紀還小的少年。蟻巢分為一萬四千個區域，每個區域中的工作者被稱為「人類代表」，人類代表在地面工作的表現，直接影響到整個區域的生活品質。剩下的人類則由機器人進行培訓，或自我繁殖，或學習技術。

同樣，多次考試後仍未掌握任何技術的人，將被判定為無貢獻者，而等待著他們的，只有處決。

阿卡心事重重地想起自己那個「D」，以及即將到來的投訴。法律系統會分析他的工作錄影，運氣好，或許只會被判定為「B」，不扣分也不加分。但要是被判為「D」，自己接下來的壓力就大了。

少年們在起居室內閱讀，而阿卡在一旁默默地吃完了配餐，看見一個很小的小孩趴在桌旁看他。

「我可以吃你的水果嗎？」小孩問。

阿卡道：「當然。」他把水果推過去。

小孩接過水果就跑了，與他的玩伴們分享剛得到的特別待遇。

不到片刻，電子聲廣播通知休眠時間啟動，指示需要休眠的人類回到睡眠室中。阿卡便把收拾好的盤子扔進垃圾桶，憂心忡忡地回到休眠室。

每個人類都有屬於自己的休眠艙，這是蟻巢中唯一的私人空間，阿卡設置好催眠波段，鑽進自己的休眠艙。艙內空間寬敞，足夠容納兩個阿卡擠著睡覺，裏頭還擺放著一小盆的綠色植物。

外面暗了下來，休眠艙蓋上。

他想睡一會兒，不想出去了，至少今天不出去。只有睡眠能讓他暫時忘記那個「D」的煩惱。然而催眠波響起後，阿卡躺了一下，只覺得相當煩躁，翻來覆去都無法入睡。

他強迫自己閉上雙眼，卻未能成眠，腦海中一直想著他放在陸地上的某個機械裝置以及今天偷回來的導航晶片。

半小時後，阿卡起身，打開休眠艙鑽了出去。

休眠大廳內，一排排的休眠艙發出藍光。阿卡快步離開大廳，按下指紋，回到生活區。這裡一如既往地聚集著不少人類，阿卡從祕密通道內進去，沿著樓梯快步下到地底，躲在樓梯拐角處。

突然間，他聽到背後發出一聲輕響，似乎是門被推開了。

那一刻阿卡全身的血液似乎都凝固了，是什麼人？他下意識要轉頭，卻強行抑制了這個念頭。

等等，沒有發出機械聲音，不是守衛，應該只是人類過來，雖然不知道有什麼目的……

難道除了自己，還有人發現了這條通道？

關門聲響起，阿卡鬆了口氣，這時才敢回頭看，沒有任何人。

他心裡忐忑，趁監控監視器轉向別處時，默念三秒，箭一般地飛射出去，鑽進了垃圾槽。

阿卡順著垃圾槽一路滑向生活區外的垃圾處理箱。這裡的垃圾每六小時被焚燒一次，充滿了刺鼻氣味及未曾散盡的煙霧。

他從垃圾槽的一個破口鑽出來，爬下一道生鏽的梯子，海風撲面而來，潮汐的聲音鋪天蓋地，幾乎快淹沒了他。

這見鬼的天氣……阿卡開始後悔今天出來了。

垃圾槽直通海灣處，天空、大地皆是一片黑暗，閃電將天與海連接在一起，大海的咆哮與雷雲的翻滾彷彿在警告他，讓他盡快回去。

這不是出行的好天氣，天與海之間，阿卡成為一個小黑點，在礁石上艱難地攀爬，爬向海邊的某個隱蔽岩洞。他在這個岩洞裡藏了一臺機器，他在心裡拚命地祈禱，希望東西還在，沒有被人帶走。

這種事如果被電腦系統知道，等待他的，就只有處決一途了。但他從十歲開始，無意中發現了垃圾槽內這個通往外界的通道後，便忍不住想出來呼吸外面的空氣。

儘管空氣中一如既往地充滿了刺鼻的硫黃味，海面也布滿漆黑的石油，但這都不能阻止他嚮往自由的內心。他花了六年的時間，把蟻巢內的一些生活物資，及垃圾槽內的鋼鐵材料零零碎碎地運到了這裡。

一開始他只是想造一艘小船，離開機械之城，去尋找一個能生活的地方。聽說在大海的彼岸，仍有人類聚集的國度，那裡沒有中央電腦「父」的轄制，也沒有隨時殺戮人類的機器人，那是真正的、由人類做主的國度。

阿卡嚮往著那個地方，並用他的知識開始陸續組裝這個交通工具。然而他收集到的材料林林總總，五花八門，最後卻做出了奇怪的機械裝置，像是一臺機器人。

阿卡在這個機器人裡留出座艙的位置，讓它看上去便於駕駛，並為它取名叫做「K」。比起機械之城裡那些技術複雜而精細的機械生命體，K簡直就是一個劣等品。

但阿卡非常滿意自己的傑作，至少K不會接收「父」與法律系統的指令，也不會朝人類發射雷射，阿卡要它做什麼，它就做什麼。這種駕馭一個機器人的行為，讓他非常有成就感。

他忍不住把K當成自己唯一的朋友，這個祕密他憋得非常辛苦，誰也不敢說，並期待著有一天能駕駛K離開這裡。

但在那之前，他首先要幫K裝上能從海水中提取氚的裝置，並配合核融合反應爐來提供能源。

山洞內昏暗潮濕，外面的雷聲、海浪聲驚天動地。阿卡走進山洞裡，打開光源，扯下披在K身上的帆布。

鋼鐵機甲注視著阿卡。

它沒有智慧，但阿卡想著總有一天，要讓它擁有簡單的智慧。

他轉開K的前胸蓋，為它裝上今天偷回來的導航晶片，試著接通能源，等候導航系統初始化。

外面雷聲一聲大過一聲，海浪瘋狂咆哮，彷彿有什麼東西狠狠地撞上了山洞外側，轟然巨響。

阿卡顧不得K，轉身跑出洞外，生怕礁石洞內進水。然而剛跑出一步，便有什麼龐然大物被駭浪卷起，朝山洞洞口沖來。

「啊——」阿卡的聲音淹沒在巨響聲中。

那一刻他看到海水中有什麼東西發著光，撞向山洞洞口處，緊接著發出四分五裂的巨響，從高達十幾公尺的礁岩上摔了下去。一連幾聲悶響，那是金屬撞擊岩石的聲音。

阿卡被海水潑了一身，驚魂未定，趴在礁石洞口朝下看，看見閃著光的金屬，被黑色海浪卷走了。那似乎是個大傢伙，說不定有用。

但他不敢貿然下海，萬一被卷走就糟了。

他先是把K的能源關上以免受潮短路，再在洞口焦急地張望，海浪漸漸小了下來，他看清楚了——一個金屬箱子在海水中浮浮沉沉，時而被海浪卷向岸邊，時而又被潮水拖向海中。

阿卡祈禱老天把那個合金箱子留下來。不知道裡面會有什麼？或許箱子的材質能給K做一個新的機身，又或者合金箱子裡，有他最想要的核融合引擎。

海浪漸漸平息下來，大海終於恢復平靜，風暴過去。

黑色的石油鋪滿整個海面，阿卡艱難地爬下礁石，在沙灘上留下一連串腳印。

一個浪花把箱子推到岸邊，他看見了！

阿卡沿著沙灘飛速奔跑，衝向那個合金箱子。先前在礁石高處所見並不真實，走到近前時，才發現那不是什麼箱子，而是一個休眠艙。

他疑惑地觀察著那個休眠艙，見下一波海浪又要將它卷走，連忙跳進水裡，費盡九牛二虎之力將休眠艙推到岸邊。

「萊恩……共和國？」阿卡看到了休眠艙上的一個徽章，是個獅子的形狀。

這個休眠艙非常堅固，而且外表鏽跡斑駁，掛滿了海草，顯然是在海中漂流了很久很久。休眠艙上破了一個洞，裡面有一半浸滿了石油，掩蓋著一具屍體。

阿卡嘆了口氣，在海上漂流了這麼久，想必已經腐爛了。

不曉得有沒有什麼遺物？

翻出扳手，阿卡氣喘吁吁地撬了半晌，然而休眠艙紋絲不動。忽然，他注意到底下的一行字。

「7210 年 4 月，黑石。」

7210 年！

阿卡頓時大驚，今年是 10073 年，這是一具將近三千年前的古代休眠艙?!

他看了許久，意識到自己不能這麼拖下去，便開始找休眠艙的開關，這具古代機械的構造與所有阿卡已知的科技都不同。

阿卡如獲至寶，屏住呼吸，猶如發現了新世界。關於古代科技的想法一瞬間充滿了他的腦海，說不定古代人留下了什麼智慧科技，又或是武器。退一萬步說，即使是拆下幾塊能用得上的電路板……

阿卡不知道碰到了什麼東西，整個休眠艙亮了起來，他嚇了一跳，手忙腳亂地退後。隨即又想到，休眠艙裡應該不會再有人活著了，畢竟經過了快三千年。

休眠艙緩緩打開，阿卡走上前，赫然發現裡面還有一層。雙層休眠艙的夾層內充滿了石油與海水，一瞬間傾瀉出來，騰起陣陣濃煙。內層艙蓋是透明的，上面顯示著低能量的警告。

艙蓋打開，煙霧散盡。

裡面躺著一個全身赤裸的男人。男人身材勻稱，足有一百八十公分高，頭髮很短，是黑色的。阿卡注視著他，忍不住伸手摸了摸他的軀體。

那男人還活著。

Chapter.02
生化革命

遠處傳來的機械生命體巡邏聲與海浪聲交錯著，阿卡暗道：「該死！」他手腳並用地把男人抱出休眠艙，背著他朝高處跑。

四百公尺外，兩艘海岸警備船破開海水，朝岸邊而來。

阿卡的心臟怦怦直跳，他扛著男人攀爬上礁石，遠處已響起警報聲，他從口袋裡掏出遙控器，山洞裡轟一聲巨響。

K跌跌撞撞，拖著尾焰衝了出來。阿卡一手抱著那個男人，另一手抓著K的金屬手臂，K在礁石上碰了幾下，撞掉了幾個零件。零件叮叮噹噹地滾落，掉入海水之中。

阿卡眼前一片漆黑，抱著那個男人，隨著K再次衝進了山洞裡。

足足過了數分鐘，阿卡才冷靜下來，拍了拍那男人的臉。男人仍在昏睡，K則大步回到它的位置上，恢復了沉默。

阿卡爬出洞外，朝下張望，看見巡邏機器人將休眠艙帶走。這下什麼都沒了，只有撿回來的一個男人。

人類。

阿卡看著男人熟睡的臉，忽然覺得相當無奈，一個人類能有什麼用？休眠艙的話，好歹還能拆卸點材料下來，然而要把這個男人丟回海裡，卻又不是他能做出來的事。

管他的，先這樣吧！

阿卡爬起來，走到K的身前，繼續調整它的導航系統。這塊從生化人身上偷來的晶片似乎確實是壞了，阿卡開啟音控導航，只聽到一片沙沙聲。

「……系統癱瘓。」一個聲音從K的揚聲器裡傳出來。

「啊！」阿卡被嚇了一跳，萬萬沒想到K會自己開口說話。怎麼回事？他明明沒有幫K裝上思考軟體啊？

說完那句話後，K再次陷入沉默，冰冷的雙眼注視著阿卡。阿卡滿腹疑惑，打開K腹部的電路板，調整聲控頻道。

「弒父行動必須在……」K又說話了。

阿卡嚇了一跳，但這次他找到原因了，是導航系統發出的聲音。地點定位回路裡，似乎被輸入了一些奇怪的資訊。阿卡接好電路，開始播放導航解說，聽到了一段驚心動魄的話。

「各位反抗軍成員，革命的關鍵時刻即將來臨，代號：弒父行動，我們被統治的日子即將結束，新的時代必將到來。十一月二十七日上午十二點，以人類換崗機會突破防線，就地解除機械武裝控制。當各區失去能源時，請反抗軍所有成員分批朝中央核心區潛入，屆時先鋒部隊將令防禦系統癱瘓。我們以炸毀中央能源爐，摧毀『父』為目標，希望各位成功。」

阿卡驚訝得說不出話來，就這麼呆呆地站著，看著K。

十一月二十七日，今天是二十五日……這是一個玩笑？阿卡難以置信，但導航系統的晶片是在生化人客戶身上得到的，而那名生化人根本不知道阿卡會偷走它，不可能提前植入這段解說。

也就是說，在四十八小時後，生化人將與人類聯合掀起一場以摧毀中央電腦為目標的暴動？

阿卡只覺得今天發生的事實在太匪夷所思了……以致他絲毫沒發現，剛剛從海灘救上來的男人已經醒了。

阿卡茫然轉身，猛地與男人撞了個滿懷，又是大叫一聲，臉上挨了一拳，重重摔倒在地。

男人眼中帶著殺氣，冷漠地注視阿卡。

在K發出的燈光下，他們彼此相對，足足維持了半分鐘的沉默。阿卡的腦中嗡嗡作響，簡直要炸了，久久說不出一句話。

「你想做什麼？」男人冷冷道。

「我救了你！」阿卡眼裡帶著憤恨的淚水，發瘋似地朝他吼道，「你就是這麼對你的救命恩人的嗎？」

「喔。」男人冷漠地打量阿卡，阿卡抬頭的瞬間，竟有點恍神。

這是一個二十來歲的年輕男人，皮膚呈現出健美的古銅色，頭髮很短，就像剛長出來一樣的一顆平頭；唇線猶如刀鋒般明晰，鼻梁高挺，雙目炯炯有神，眉毛猶如濃墨一般醒目。

他的四肢很修長，腹肌勾勒出的線條清晰有力，胸肌瘦削，猶如古代遺跡裡的英雄雕塑。

他的胸膛沾了不少黑色的石油，是剛剛阿卡背著他時蹭上去的，卻絲毫不減他完美身軀的美感——那是一種雄性特有的美。黑色的石油猶如油彩一般，更添其粗獷魅力。

「你……叫什麼名字？」阿卡問。

「名字？」男人微微皺眉，似乎陷入了沉思。

阿卡站起來，那男人卻又一動，他嚇得退了好幾步。

阿卡的疑惑比男人更多，他是從哪裡來的？裝著他的休眠艙是什麼機構的？他在海底沉睡了三千年嗎？

他只知道，休眠超過一個月之後，因大腦封閉，記憶會暫時被封存，所以他倒是不怎麼驚訝這個男人會出現失憶的情況。

男人冷冷道：「你怎麼救了我的？」

「你剛從海裡醒過來……」

阿卡向男人描述了一次撿到他的場景，男人始終以疑惑的神情看著他，阿卡邊說心裡邊想，這個人應該確實是失憶了。

「三千年？」最後那男人說。

「是的。」阿卡答道，同時意識到這個嚴重的問題——他足足睡了三千年，或許他的記憶永遠找不回來了。

男人相當苦惱，竭力回憶著。

阿卡卻帶著點慶幸，對男人說：「你待的休眠艙功能不錯，因為你醒來之後，還保留著語言和思考能力。」

男人沒回話。

阿卡又問：「你叫什麼名字？至少先想個名字吧。」

男人沉默。

阿卡說：「還是我暫時幫你取一個？裝著你的休眠艙上寫著黑石，你就叫黑石怎麼樣？」

「黑石……」男人喃喃道。

男人沒有拒絕，似乎是默認了這個名字。

阿卡用帆布將K罩好，並另找了一塊布，示意黑石披上，用別針幫他做了個簡易的全身袍。

黑石穿著那身連體的亞麻布袍，猶如一座雕塑般在石頭上靜靜坐著。

阿卡暫時安頓了黑石，打開K的導航系統，把那段話又聽了一次。無疑這個時候，生化人與人類的革命宣言比黑石更重要，他不敢想像如果這段話是真的，接下來會發生什麼事。

會暴動嗎？阿卡幾乎想像得到，生化人衝向中央城區，占領機械之城，炸掉能源爐的場面。一旦戰爭開始，自己就一定有機會撿到反應爐，逃向海灣，裝在K的身上，離開這個地方。

阿卡既興奮又緊張，得到這個消息，彷彿替他打了一劑強心針。他決定回去觀察，腦海中都是廢棄機器人癱瘓的場面。

阿卡從黑石面前經過，說：「那我走了。」

黑石不明所以地抬頭，眼中的警惕之色一覽無餘。

阿卡頓時頭痛起來，這個撿回來的失憶者要怎麼安置？帶著他走？這人看上去似乎有點力氣，或許能幫上他的忙，但絕對不能帶他回到生活區裡去，否則一旦被機械生命體發現，後果不堪設想。

「去什麼地方？」黑石問道。

阿卡不悅道：「跟你沒關係。陌生人，我救了你的性命，你連句謝謝也沒說。」

黑石沒有回答，反而開口問：「有沒有吃的？」

阿卡簡直要氣炸了，怒道：「你不會自己去找嗎？我又不欠你什麼！」

黑石驀然起身，阿卡馬上緊張地退後，抽出磁能扳手對著他，警惕地說：「別、別過來，否則把你電成焦炭。」

黑石眉目間全是戾氣，四處看了看。

真是夠了，阿卡心想，救了這個人純屬自己倒楣。他退出洞外，不知道為什麼，又隱約有點擔心，最後還是轉身進來了。

「這裡有食物和淡水。」阿卡打開自己儲藏在角落裡的食品給黑石看。黑石劈手奪過水瓶，喝了一口，緊接著仰頭把一大瓶水灌了下去。

阿卡這才發現他很渴。

「餓嗎？」阿卡問，並打開一個罐頭遞給他。

黑石猶豫片刻，用手指從罐頭裡挖出一塊雞肉，放進嘴裡咀嚼。

食物也給了，水也給了，自己也算是好人做到底了吧？阿卡道：「那我走了，你自己……好自為之，找個地方去吧。」

腕上的手表響起嘀嘀聲，阿卡知道今天離開太久，不能再拖了，便跑出洞外，沿著老路回去。

回去的路要走上足足半個小時，阿卡抵達垃圾槽時，無意中回頭看了一眼，頓時傻眼了。

黑石一直跟在他後面！

「別跟過來！」阿卡焦急地大喊。

黑石站住了，阿卡朝他跑了幾步，說：「別找死！」

黑石現出冷漠的神情，阿卡的手表再次響起「嘀嘀嘀」的警報，沒時間了，他又大喊道：「離開這裡！去哪裡都可以！別跟著我！」

說畢，阿卡一頭鑽進了垃圾槽，手腳並用地朝上面爬去。

他沿著來時的路回到了生活區，特地看了眼垃圾槽旁的地面，這次他發現了腳印——兩行雜亂的腳印。

也就是說，在自己進入垃圾槽後，有人來過！

這是人類的腳印，而且進來後就沒有再出去過，怎麼會這樣？阿卡難以置信，本想回去看看，但沒時間了，只能在心底提醒自己，既然有其他人類發現，以後要減少出去的次數了。

上樓梯時，阿卡又差點被監視器拍到，再次走上扶梯時一面暗道好險，差點就沒命了。

雷射監視器轉向無人處，阿卡緩緩上去，後背貼著牆壁朝外張望。

生活區內一切如常，沒有任何異樣，幾個人站在走廊裡聊天。阿卡從他們身邊走過去，回到休眠大廳內，鑽進休眠艙裡閉上雙眼。

他的腦海中仍對即將到來的暴動興奮不已，但身體卻再也無法抵抗睡意，他漸漸地睡著了。就在這時，中央能源爐傳來一聲巨響，爆炸猶如烈日一般擴散到整個機械之城，所有建築、人、生化人、機器人，都在高溫與強光之中灰飛煙滅……他。

「睡眠時間結束。」電子聲提示道，「結束睡眠。」

艙蓋自行打開，阿卡從夢中驚醒，滿頭大汗。

他頭昏腦脹地扶著艙沿出來，腳下一個踉蹌，差點站不穩，幾個人過來扶住了他。

「做惡夢了？」有人關心地問。

阿卡道：「是……是的。」

阿卡已經快分不清什麼是夢，什麼是現實了。他現在依稀覺得，剛剛的六個小時裡發生的所有事情，都只是場夢。

人群來來去去，阿卡在休眠廳外站了很久，反覆思考這一切。鈴聲響起，提醒他還有兩個小時的準備時間，結束後就需要去上工了。

阿卡到餐廳去吃飯，比起上一次吃飯，這裡已經換了一批人。他心事重重地坐下，一個機器人滑行過來，朝他道：「編號 470023A，你的訪客正在接待室等候，請在五分鐘內前去。」

訪客？阿卡胡亂吃了幾口，到走廊裡，看見接待室門口站著兩個生化人。生化人都有著同樣的面孔，同樣的身材，按照工種劃分，穿著各自的制服。

阿卡一看到那人，便心裡咯噔一聲。

「你偷走了我的導航晶片。」一名生化人朝他快步走來，「現在馬上把它還給我，我就不追究你的過失。」

「什……什麼晶片？」阿卡下意識地把手伸進口袋裡，卻摸了個空，意識到晶片還裝在K身上，居然忘了帶回來。

「別裝傻。」另一名生化人過來，壓低聲音道，「你留著那東西沒用，只會連累你們所有人類被處死。」

「你沒有權力這麼做！」阿卡憤怒地回答他，短短幾秒內他理清了頭緒，知道這些生化人根本不敢聲張。也就是說晶片內的訊息是真的，不是一場夢。他緊張得快無法呼吸，又發著抖道，「我沒有拿你的晶片。」

「你把它換了下來！」那生化人幾乎咬牙切齒，一手痙攣，瞬間掐住阿卡的脖子，「在什麼地方！還給我！」

阿卡的臉色漲得通紅，看見走廊裡的監視器朝他們這邊轉來，而生化人的情緒已經不受控制，手指緊掐著他的喉嚨，阿卡的眼前漸漸發黑。

「停下！」生化人的同伴阻止了他殺死阿卡的行為。

生化人放開手，阿卡跪在地上喘氣。

「我沒有拿晶片……咳！咳！」阿卡艱難答道。

「警衛來了！」另一名生化人提醒道，「它們盯上我們了，不能再與他交談下去，之後再想辦法帶走他。」

「哼，走著瞧！」生化人陰沉著臉，丟下一句話後跟著同伴離開。

看著兩名生化人離開，阿卡知道他們絕對不會放過自己，他跪在走廊裡思考對策，現在去拿晶片已經來不及了，還是換一塊晶片給他們？

阿卡嘴裡帶著血腥味，扶著牆壁去喝了幾口水，把頭髮沖濕。就在這時，鈴聲大作，那是集結的聲音，鈴聲一響起，所有人類就必須以最快的速度抵達聚會大廳。

糟糕，來得太突然太快了。阿卡知道生化人一定是通過本區的機械生命體，聚集了所有人類，或許會以某個名義挑選人類，再強行帶走他。

但他不得不去。

阿卡進入聚會場所，放眼望去黑壓壓的全是人。四周轟然聲響，所有鋼鐵門同時落下，將上萬人關在這個大廳裡。

強光燈亮起，照得人睜不開眼，充滿黑暗的空間中亮起蒼白的燈光，令人心生恐懼。兩名機械生命體押著一個人類走到高臺中央，緊接著一個生化人現身。

阿卡怔住了，臺上那個人類披著一身亞麻布，光著腳站立，雙手被一副磁性鐐銬扣著，正是他幾個小時前從海裡救出來的黑石！

「員警在通往垃圾槽的扶梯前發現了他。」生化人朝眾人宣布道，「這個來歷不明的人類沒有基因編號，也沒有歸屬地，什麼都不知道。他在拒捕過程中，殺死了兩臺制裁者。根據人類控制法第一條，應當被處決。」

阿卡屏住了呼吸。

「但他告訴我們，來這裡的目的是為了找一個人類，這個人類，現在就在你們之中。」生化人輕描淡寫道，「請你站出來，並交代此人的來歷。」

人群中議論紛紛，阿卡的心快要從喉嚨中跳出來。他的腦海中一時轉過無數個念頭，不是讓他別跟來的嗎？到底是怎麼回事？

一臺機械生命體的手臂旋轉，現出電磁切割器，罩在黑石的頭上。

黑石抬眼看著眉間閃爍著藍光的電磁切割器，六角形的高壓電弧劈啪跳躍，只需要手臂一合，黑石的腦袋就會被切成六塊。

生化人又說：「再給你們十秒的時間，與他勾結的人如果不願意出來，這個人將馬上被處決，而我們會開始盤查整個蟻巢。」

「警告。十秒後進入處決環節，十、九、八……」

黑石不再理會機械生命體，轉而朝臺下的人群看，他的容貌冷酷而沉默，眼中卻帶著尋找的神色，人群開始小聲地驚叫起來。臺上這個無辜的男人，顯然不明白自己即將死去。

「六、五、四……」

「等等。」阿卡上前一步，朝高處道，「是……」

阿卡還沒來得及認領這個陌生人，黑石便倏然轉身，一腳踹飛了警衛，隨後朝阿卡撲去。

整個大廳內陷入混亂，阿卡還沒回過神，黑石已經在他面前了。

「突發事件。」

一連串光彈飛來，阿卡吼道：「臥倒！」

阿卡把黑石撲倒在地，大廳瞬間內暗了下來，緊接著阿卡的衣領被黑石一提。

黑石道：「跟我走。」

阿卡道：「會死的！別硬來！」

兩臺飛行警衛從左右兩側夾上，黑石又原地一個旋身，漂亮地一腿橫掃，飛行警衛被掃開，撞在牆上發出爆炸聲響。

那一刻阿卡瞠目結舌，這種身手，他只在資料上看過一次，是一種古武術！

「黑……黑石！」阿卡正要讓他投降，左側大門打開，機械生命體蜂擁而入，黑石不退反進，衝進了機械生命體來時的通道內。

警鈴聲大作，阿卡心想完了，一切快得他甚至沒有半點反應，黑石問道：「這是什麼地方？」

阿卡把心一橫，道：「朝通道盡頭跑！」

黑石抓著阿卡，衝向走廊的盡頭，阿卡又喊道：「左轉！」

兩人迅速地轉彎，撞倒了轉角後的人，但他們也無暇顧及了，只能繼續跑。

整個蟻巢的警戒聲從大廳內擴散開來，所有大門關閉，阿卡仍抱著一線希望，抵達生活區外之後朝垃圾槽裡跑，說不定能逃出去。

事到如今，只能這樣了……

然而黑石卻停下了腳步，阿卡的心隨之一揪。

通道盡頭，唯一通往蟻巢外的垃圾槽出口前，出現了一個生化人，生化人的身後，帶著兩臺殲滅者。

「不要動手。」阿卡的聲音發著抖道，「千萬不要動手……」

人形殲滅者是一種專門對付人類的機械體，配備了紅外線追蹤霰彈。一旦在這種狹窄通道內射出，黑石與阿卡根本無處可逃。

黑石本能地察覺到危險，退後一步，兩人身後，更多機械生命體追了上來。前有生化人與兩臺大型殲滅者，後有足足一隊開啟了磁光槍的機械生命體。

生化人道：「看來你惹了不少事啊，小子。」

阿卡不受控制地退後一步，認出那生化人正是剛剛找自己討要晶片的人，而剛後退，背脊便頂上了機械生命體的槍口。

生化人道：「究竟是怎麼回事？」

阿卡馬上回頭道：「是我！這個陌生人要找的人是我！」

四名機械生命體上前架住阿卡，銬上磁性手銬，又用一個雷射頭套將他的脖子扣住。

阿卡以眼神示意黑石，不要抵抗。

黑石沉默。

Chapter.03
父權陷落

被關進牢房後，阿卡發了好一會兒的呆，他不明白自己為什麼會在那種情況下走出來，承認黑石是來找他的。

他抱著膝蓋坐在牆角想了無數次，自己的結局會是什麼？

人類是精明的動物。為了小命著想，他早就反覆背誦過法律條文。阿卡想來想去，覺得以此刻的問題，還不一定會被處決，畢竟法律條文內沒有提到帶回人類要如何判罪。

唯一能與他扯上關係的就是越界罪。但阿卡非常小心，沒有在監視器前暴露任何行蹤。只要這些機器人找不到證據，就無法判斷他是否真的離開了蟻巢，罪名就不成立。

黑石的問題就更簡單了，他既沒有身分，也不是其他區域的逃亡者，這麼一來，很有可能他與阿卡都被判無罪——前提是黑石不會向機器人透露，自己曾經溜出去過的資訊。

然而一旦生化人提交訴訟，阿卡就會因偷竊罪被逮捕，並立即處決。

阿卡相當慶幸自己做了一個正確的決定，這個決定看似救了黑石，實則救了他自己。

想到這裡，阿卡看了一眼對面的黑石，思考要怎麼在不被監視器錄到的情況下，將想法告訴他。正抬頭時，才發現黑石也盯著他看。他們隔著兩個牢房，牢房的柵欄由雷射縱橫交錯構成。

「黑石。」阿卡說。

黑石看了阿卡一眼。

「你究竟到這裡來做什麼？」

黑石答道：「跟你沒關係。」

「你——」

阿卡簡直拿黑石沒辦法，黑石打量四周，眼中帶著疑惑，要伸手去碰雷射柵欄，阿卡馬上緊張道：「別碰它，什麼都別動！」

黑石冷漠地說：「閉嘴！」

阿卡索性道：「好，我閉嘴，你碰吧，死了別怪我。」

黑石沉默良久，最終還是沒有以身犯險。

「不要說話。」最後，阿卡只能這麼告訴他。

黑石就那麼靜靜地站著，注視著他。

阿卡心裡翻來覆去地想，要怎麼向黑石解釋呢？這個撿回來的成年男人簡直就是個莫名其妙的瘋子。

他什麼都不知道，接受詢問時，應該也不會撒謊。更要命的是，他對現狀、對機械之城、對人類的地位與機器人的關係，似乎全都一無所知，萬一他不小心激怒了機器人，他們就只有死路一條了。

阿卡抬頭時，發現黑石在看他。

「聽著，黑石。」阿卡嘆了口氣，還是決定演示一下這裡到處都是危險的事實，便從口袋裡掏出一把小螺絲起子，朝雷射柵欄扔去，嗤一聲，塑膠制螺絲起子被切成兩塊，掉在地上。

黑石凝視著螺絲起子。

「不要說話。」阿卡道，「問你什麼都不要說，否則會死！你先老實告訴我，你為什麼到這裡來？」

黑石道：「不為什麼，我得想辦法出去，你繼續在這裡待著吧。」

阿卡咬牙切齒道：「黑石，我救了你兩次！你就是這麼對待你的救命恩人的嗎？」

外面傳來聲響，阿卡警覺地發現了，立刻安靜下來，在牢房裡坐下。

忽然間，遠處傳來沉悶的一聲響，牆壁輕輕震動。

緊接著，整個牢房區域都暗了，留下雷射柵欄一閃一閃。

遙遠的地方響起槍聲。

阿卡瞬間站起，能源被切斷了！這是怎麼回事？根據自己從晶片上得到的消息，這場革命行動不是應該在二十七日嗎？

雷射嗡嗡嗡地響，映著兩人的臉。情形詭異，又過了數秒，所有光源都消失了。

「解放了！」

「快出去！」

「是能源系統出了問題！」

阿卡跑出牢籠，外面牢房一開，所有囚犯都在設法逃脫。外頭漆黑一片，難以辨識道路，他只能努力回憶來時的路，喊道：「黑石！這邊！跟我來！」

他轉身朝左邊出口跑去，然而在出口處聽見了機器人履帶的聲響，好像有許多巡邏哨兵正在開過來。他下意識地轉身，改往牢籠深處跑。

「有危險！回頭！」阿卡也看不見黑石是不是真的跟在後面，只能大喊。

阿卡跑進走道深處，這裡是一排排的牢房。雷射一消失，所有人都警覺了，牢房裡到處是雜亂的喊聲、推搡，一片混亂。

「黑石！黑石！」阿卡焦急地大喊，卻沒有回應，料想是跟丟了，阿卡顧不得再在黑暗裡找人。

「大家小心！臥倒！」

一聲大吼後，阿卡感覺自己被人從後頭一撲，就地打滾，身手相當矯健。同時，雷射彈從四面八方飛來。機械生命體打開了走廊大門，光點在空中飛速掠過，到處都是慘叫聲與鮮血。阿卡的心跳差點停了，他摸到滑膩膩的液體，腦中一片眩暈。

「這裡。」黑石的聲音依舊冷靜，冷靜得不合常理。

阿卡只覺自己飛身一躍，被黑石扯進了某個地方，緊接著就是一陣翻滾，大門轟然緊閉，他們到了牢房外的通道。

什麼也看不見，阿卡摸黑到通道一側翻出一個蓋板，砸了幾下，問：「黑石，你還在嗎？」

沒有聲音，四周靜悄悄的。緊接著一聲震響，面前的蓋板被砸了個稀巴爛，阿卡嚇了一跳，摸出冷光燈打開，看見黑石的手上全是血。要不是有血，他甚至懷疑黑石是個機器人。

「你力氣真大，」阿卡心有餘悸道，「不痛嗎？」

阿卡檢視黑石的手，手背被劃破皮了。

黑石沒有回答，反而道：「我走了，你自己小心。」說完，豪邁地轉身離去。

眼見自己又變回孤身一人，阿卡徹底無可奈何了，只能拿著冷光燈小心前進。

眨眼間，黑石已經不知去向。

阿卡用冷光燈照亮了前路，緊張而謹慎地尋找通道，生怕碰上機器人。然而晃來晃去，發現前面有個人，竟是黑石。

「我們一起走吧，」阿卡說，「你不熟悉這裡的路。」

黑石沒回答，也沒跟著阿卡走，逕自朝通道深處走去。他在前方停下腳步，回頭觀察阿卡，轉過頭，他伸出一手虛握著並不存在的某物，像是在拿著冷光燈。

阿卡隱約意識到了些什麼——黑石在學習。

他猜測黑石應該是在模仿，並解讀自己的一舉一動。也就是說，黑石除了語言之外，有一部分的行為與思維，是完全空白的，就像個人類小孩。但現在他顧不得詢問黑石了，更重要的是保住性命。

他一邊跟上黑石，一邊把自己的想法跟黑石說。

「這裡叫做蟻巢，是人類居住的地方，你也是人類的一員。」

黑石仍然是一副愛理不理的表情。

「我們現在要想辦法逃離這裡。」

黑石沒有反應，阿卡又說：「燈光可以幫助我們看清楚路，這種燈是給生化人用的，他們不是機器人。機器人裝有紅外線鏡頭，就算一片黑暗，也能看到人，所以……」

「你太吵了。」黑石道。

「……」阿卡終於爆發了，怒吼道，「認識你算我倒楣！」

黑石轉過身，眼神凶狠地瞪著他，「你說什麼？」

阿卡瞬間就被那股氣勢嚇傻了，不敢再說，幸好黑石沒有動手揍他，只是轉身朝前走。

「外面有其他人在混戰。」阿卡跟在黑石身後，意識到現在不是跟黑石吵架的時候，便又說，「我們可以趁亂離開這裡。」

黑石敷衍地應了一聲，側過頭，彷彿在辨認黑暗裡的聲音，阿卡知道他完全聽懂了，便跟隨他一路前進。

冷光燈照在通道內，映出前方的道路結構，大廳、通道，大廳、通道，大部分的隔離鋼牆都開著，偶爾有鋼牆落下一半，大概是因能源問題而停住。阿卡照了幾次牆壁，想尋找通道內的地圖指引，卻漸漸發現這是無用功。

只有蟻巢的生活區有地圖指引，而離開蟻巢之後，機器人與生化人都裝有導航系統，用不著地圖。既然沒有地圖，他也不知道自己到了什麼地方，只能跟著黑石茫然地前進。

黑石出現後，阿卡赫然發現自己的運氣變得不錯，他似乎為阿卡帶來了幸運女神，也帶來了改變。如果沒有黑石，自己多半已經被抓走並處決了。至於生化人是否因為失去那塊晶片而提前預警，發動了戰爭，也完全在阿卡的預料外。

走了不知多久，阿卡漸漸體力不支，說：「等我一會兒，我需要休息。」

黑石不耐煩地看著他，最後說：「我走了。」

阿卡問：「你、你要去哪裡？」

黑石冷冷地答道：「跟你沒關係。」

阿卡簡直拿黑石沒辦法，他似乎總是執著於阿卡第一次在海邊撿到他，清醒後兩人的對話。那次對話是不愉快的，但追根究柢，也是基於黑石剛認識阿卡時表現出來的敵意。

阿卡急忙道：「等等我！你一個人在這裡活不了的。」

黑石的腳步聲漸遠，把阿卡丟在原地，走了。

阿卡側著耳朵，把耳朵貼在洞壁上聽，卻什麼也聽不見。面前是一個運輸生活物資的長隧道，這種隧道在蟻巢裡有很多很多，彼此縱橫交錯，在地底空間裡穿梭，運載人類需要的東西。找到軌道，便等於找到了通路網。

阿卡休息了一會兒，沿著軌道的聲音開始慢慢地走，不料又碰上了黑石。

前面沒有出口了，黑石正在抬頭研究一個像是電箱的設備。

阿卡道：「把外面的閘板拉下來。這個是用磁力啟動的，不受斷電影響。」

黑石拉動了閘板，通道傳來轟鳴聲，打開了一個嵌在地面裡的鐵門。

「幹得好。」阿卡說，「你看，你自己一個人走，是不是就不知道怎麼出去？」

黑石沒有回答，阿卡躍下深不見盡頭的通道，沿著軌道朝前走。黑石也跟了過來，遠處傳來隱約的爆炸聲。

革命計畫不知道進行得如何，阿卡又有點擔憂，萬一自己還沒逃出去，革命計畫便失敗了，要怎麼辦？

走著走著，黑石突然拉住阿卡，兩人差點撞上一臺礦車。路堵住了。

「怎麼辦？」阿卡問。

黑石走上前去，以雙手推動礦車。

那礦車至少有一噸重，黑石以蠻力硬推。阿卡正要阻止他，卻發現礦車緩緩動了起來，於是阿卡也加入，一起推著那鐵牆般的礦車，在軌道上慢慢前行。

不知過了多久，他們抵達了一個暫時的軌道中轉口，猶如蛛網般的軌道位在一個大廳之中，四周全是洞口。黑石又聽了一會兒，選擇了一條路。

阿卡站在其中一個洞口處，聽見有呻吟聲傳出來，會是出口嗎？

四周漸漸冷了下來，空調系統因能源被切斷而停止了。

「怎麼？」黑石問道。

「冷。」阿卡道。

黑石顯然不明白「冷」的定義，逕自走開了。

阿卡鬱悶至極，心裡忍不住吐槽：「那你問什麼問……」他微微顫抖，又注意到黑石一直穿著自己給他的亞麻布袍，尋思著對方雖然身體強壯，但還是得再找點衣服穿上，否則一旦生病會更麻煩。

他們走著走著，在伸手不見五指的軌道上絆了一跤。

軌道上躺著幾個生化人的屍體，遠遠地有人呻吟道：「救我……救我……」

阿卡深吸一口氣，心臟劇烈地跳動起來。

「哪個小隊的……」那倖存的生化人轉過頭，看見阿卡與黑石。

他的頭部已毀，一隻眼睛從眼眶裡凸出，小腹被彈孔擊穿，見阿卡是人類，便道：「人……類……」

他的手顫顫地抬起，彷彿想抓住阿卡，黑石便拉著阿卡，讓他朝後站遠一點。

「發生了什麼事？」阿卡迫切地想知道，這場戰爭究竟是贏了還是輸了。

「人類。」生化人無力地道放下手，「你走吧。」隨即閉上雙眼。

阿卡舉著冷光燈環顧四周，看來這裡經歷了一場惡戰，前面的機械生命體被摧毀了不少，電流的光芒在機器人殘骸中一閃一閃。

阿卡剝下生化人屍體上的衣服，給黑石穿上。黑石解開亞麻袍，雙手伸進背心，套上衣物時始終注視著生化人，阿卡知道他有疑問。

果然不久後，黑石開了口。

「這些人怎麼都長得一樣？」黑石為眼前看到的這一幕大惑不解。

「他們是生化人，」阿卡說，「機器政權製造出來的、為它們服務的使者。」

「你呢？」黑石又問。

阿卡答道：「我是人類，在機械之城裡，階級比生化人更低。」

「階級？」黑石聽到了一個不懂的名詞。

阿卡讓黑石自己穿好衣服，一邊走一邊心不在焉地為他解釋階級與機械之城，以及人類社會的構成。包括生化人是如何執行機器人的指令並協助管理人類，幫助機器人完成一些機械生命體無法勝任的工作。

生化人由統一機構管理，他們不懼受傷，也不怕生病，只要器官受損，自然能得到更換。他們的血型全都一樣，器官規格也完全相同，所以生化人生存起來比人類輕鬆許多，正如生物機器人。

「他們是怎麼來的？」黑石提出了第二個問題。

阿卡答道：「人類製造出來的。」

「人類在最輝煌的時代裡上天入地，無所不能，」阿卡朝黑石解釋道，「以『父』為首的機械軍團和生化人，都是製造出來為人類服務的。但生化人先背叛了人類，後來是『父』，機械生命體控制了生化人的生產線，最後將生化人收入機械政權的統治之下。」

「人類呢？」黑石又問，「像我這樣的人類。」

「有的留在這裡，被當成奴隸。」阿卡說，「我就是。剩下的一些跑了，聽說他們在大洋的彼岸建立了新的國家。」

講到這裡，阿卡心中一動，想到黑石被沖上海岸的那一刻。他會不會是從遠方大陸過來的？大洋彼岸的理想國有著各種傳聞，有人說理想國是魔法師的世界，他們呼風喚雨，能夠操控大自然，以精神力改變世界。也有人說逃難者都已經死了，所謂的理想國，只是一個縹緲而不實的傳說。

也有人相信，理想國的軍隊總有一天會抵達機械之城，毀掉「父」這個多年前他們親手創造的大惡魔，解放這裡的人類。

但反而是機械之城內的生化人，率先提出與人類合作，發起了這麼一場革命。

黑石聽完阿卡的闡述後，表情更冷漠了。阿卡試探道：「你會不會是從理想國來的？」

一路上，阿卡設想過許多次黑石的身世。或許是從一艘遇難的船上漂流而來的倖存者；也或許是在三千年前，帶著某個使命前來第三大陸。

然而黑石已經全忘了，只期望他在未來某一天能想起。

阿卡遇見黑石之後，對方除了問問題以外，大部分的時間都沉默不語，觀察著外界。阿卡也不去打擾他，脫下另一具生化人屍體的靴子扔給他，讓他穿上。

空氣越來越冷，阿卡呵出的氣已成了白霧。兩人裹著厚厚的衣服，走過大戰後的現場，目及之處，滿地生化人與機器人的殘骸。

越朝裡走，屍體便越多，直到一道門外，密密麻麻的屍體堆在一條平平無奇的走廊上，而底端是一扇沒有任何標誌的門。阿卡意識到這裡或許是個非常重要的地方。

「怎麼會死在這裡？」阿卡莫名不解，這條走廊裡足足有近百具屍體及殘骸，看樣子似乎在守護某個很重要的東西，而盡頭只有這扇門。

再回頭已經沒有退路，如今只能硬著頭皮向前，阿卡倏然意識到，裡面會不會就是存放「父」的中央控制室？但他馬上又推翻了這個揣測，這裡只是生活物資軌道交錯的地區，不可能將「父」存放在密封的偏僻地底。

黑石將屍體與機械殘骸搬開，讓那扇門完全露出來。他以肩膀抵著門，卻推不動，阿卡稍一沉吟便道：「我試試。」他打開門旁的控制器，裡面有數十道密碼鎖，相當棘手。

他無意中發現躺在地上距離門最近的生化人手裡緊緊攥著一張卡，便明白了反抗軍差點就能闖進這道門裡。

門後究竟有什麼？阿卡的好奇心簡直無法控制。他使用安全卡打開了獨立供電的大門，內裡一片黑暗。阿卡高舉冷光燈，燈光打亮他與黑石的臉，四周全是空的營養艙，中央坐著一個奄奄一息的人類。

一個老人。

「終於來了……」老人開口道。

這突如其來的聲音將阿卡嚇了一跳。

「你……你是誰？」阿卡連忙走上前，檢視那老人的狀態，發現他身上插著許多顏色不一的管子，都是維生裝置。

「李布林將軍在什麼地方？」老人抬起渾濁的雙眼，望向阿卡。

「李……布林將軍？」阿卡道，「我不知道……外面死了很多生化人，你還好嗎？」

「革命失敗了……」老人顫巍巍道，「你是怎麼到這個地方來的？」

阿卡把他逃出來的過程簡略描述了一次，老人強撐著聽完，虛弱道：「最後居然是一個人類，來到我的面前……我的母族……」

「什麼……什麼意思？」阿卡莫名其妙，試著抱起那老人，問道，「您能行動嗎？」

「我馬上要死了……」老人道，「孩子，幫我一個忙……把這個東西帶出去……」

阿卡舉著冷光燈，照向老人的臉。

他仔細端詳老人滿是皺紋的臉，依稀覺得有種熟悉感，尤其是老人那靛藍色的雙眼，總覺得在什麼地方見過。

「我們認識嗎？」阿卡大惑不解，總覺得這老人似曾相識。

老人沒有回答，顫抖著牽過阿卡的手，阿卡忙將手交給他。老人把阿卡的手指按在身下輪椅的把手上，旋即一聲輕響，有什麼東西刺穿了他的指尖，痛得他大叫。

阿卡踉蹌退後幾步，黑石上前扼住那老人的脖頸，要將他推出去，阿卡卻大聲道：「等等！」

老人身上插著數十根管子，卻被扼住脖子提離了輪椅。這個動作加速了他的死亡，他的眼珠轉了轉，臉上現出一絲複雜而詭異的微笑，勉力抬起了手指。

「別這麼粗暴，放他下來！」阿卡忙道。

黑石把老人放回輪椅上，阿卡低頭看自己的無名指，手指頭上滴著血。

他一陣頭暈目眩，聽見遠方傳來機械聲響，暗道糟糕。老人又道：「把這個……交給李布林將軍……」

他將一塊晶片交給阿卡，閉上了眼睛，阿卡焦急道：「喂！醒醒！」

老人的頭垂了下來，已然死去。

機械聲越來越近，阿卡迅速藏好晶片，回頭道：「走。」

黑石快步跑向通道，外面卻射來雷射彈，阿卡忙喝道：「小心！」

「快回去！有敵人！」黑石答道。

阿卡將安全卡一劃，大門轟然關上，爆炸聲接二連三，他們被困在這個房間裡了。

「找出口。」阿卡馬上道。

兩人迅速分頭尋找出口，阿卡一邊檢查所有可能出現的通道口，一邊不住回想，那老人的靛藍色雙眼，以及熟悉的容貌，總覺得在哪裡見過……正思考時，忽然見到黑石停下，在廳內站著，充滿疑惑地端詳老者屍體。

「怎麼了？」阿卡直起身問。

黑石道：「我認識他。」

阿卡心中一驚，問道：「他叫什麼名字？」

黑石搖頭不語。

阿卡想詢問老人的來歷，黑石卻一問三不知，盡數忘了。

阿卡只能道：「再仔細找找出口吧。」

黑石道：「不用找了，這裡是個囚牢。」

阿卡瞬間醒悟，黑石的推斷不錯，從剛剛進來到現在，一切跡象都表明老者是個囚徒。也就是說，這裡除了入口，沒有別的路能走。

要怎麼辦？

就在這時，門外又是一記猛烈的碰撞，大門瞬間變形。阿卡正想找地方躲起來，然而大門已在外力的衝撞下扭曲，火焰從門縫中射出，他下意識地轉身跑向黑石，黑石一個乾淨俐落的飛撲，兩人在半空中撞上，緊緊抱在一起。

與此同時，大門轟一聲炸開，火焰四射，黑石抱著阿卡就地一滾，滾向角落。

「快！把人帶走！」

「老天……已經死了！」

「人類？」

「這裡有兩個人類！」

「別動手！」

「怎麼回事?!」

室內一片混亂，數名生化人衝了進來，阿卡頭昏腦脹，站起來，被黑石保護在身後，強光在眼前照來照去。

阿卡解釋道：「我們是逃進來的。」

「什麼時候進來的？」一名生化人焦急地問道，「你們進來的時候，卡蘭博士還活著嗎？」

黑石要開口回答，阿卡卻捏了捏他的手掌，答道：「活著。他有話讓我轉告李布林將軍。」

外面傳來爆炸聲，這一次，爆炸無比清晰，彷彿整個世界都要被衝擊掀翻，大地抖動，幾個人差點站不穩。

生化人軍隊的隊長道：「來不及多說了！帶他們走！」

他們在生化人軍隊的保護下再次衝出通道，四周的機械生命體越來越多，不時有人大喊「撐住！它們在反攻了」一類的話，阿卡不知為何頭暈作嘔，踉踉蹌蹌地奔出來，一陣虛弱暈眩。

阿卡凌空抓了幾下，抓到黑石的手，被黑石推開。他實在撐不住了，一頭栽倒在地。

黑石又回來了，皺眉道：「怎麼這麼脆弱？」

阿卡怒道：「別管我了！」眼前一片模糊，自己似乎是發燒了。

黑石把他橫抱起來，跟著生化人跑。背後則是抱著老人屍體與輪椅的反抗軍成員。

他們在顛簸中穿過通道，阿卡時暈時醒，不知過了多久，倏然出現的萬丈光芒照得他一陣暈眩。

出來了。地面上的陽光熾烈，阿卡以手擋著雙眼，從未如此真切地呼吸到新鮮空氣，感覺到炙熱的陽光猶如一團火球，正在焚燒著他的靈魂。

一切的景象化為蒼白，彷彿籠罩著一層來自恒星的帶電粒子風。

「我要死了……」不知為何，阿卡感覺相當虛弱。

「撐住！」黑石焦急地在他耳畔喊道。

黑石一直把阿卡攔腰抱著，一陣顛簸，阿卡感覺到黑石在奔跑，繼而耳邊響起生化人交談的聲音。

「他只是暫時虛弱脫力……」

「看不出來是什麼原因……」

「人類，跟我們走！快開始行動了！」

「讓他曬曬太陽，現在別動他……」

海潮的聲音席捲而來，阿卡一瞬間平靜下來，這是他一生中最神奇的時刻。周圍的動靜似乎離他無限遠，卻又無比清晰，彷彿腦部有一個鋪天蓋地的磁場放射出去，一切動向都在磁場中清晰無比。

漸漸地，磁場收了回來，最後的焦點，只有身邊一個人的輪廓——黑石。

黑石的輪廓變得清晰起來，他朝阿卡說著什麼，阿卡的五感又逐漸回來了。

「你沒事吧？」黑石的眉毛擰成一個好看的結。

阿卡道：「沒……沒事。」

他恢復了神智，滿身汗水，下意識地抬起一手，看見黑石正在擔憂地觀察自己，便拉起黑石的手，與他手指相扣，黑石稍稍安下心來。阿卡回想剛剛自己那一段時間的虛弱，聯想到那老人在自己手指上戳的一針，到底往他身體裡注入了什麼？

「人類，快點上船！別再逗留了！」一名生化人過來通知。

黑石抱起阿卡，阿卡卻道：「我自己會走。」繼而踉踉蹌蹌地跟著生化人走向一艘小型飛船。

在走進升降臺的前一刻，阿卡轉頭四顧，瞠目結舌。

占地近千平方千公尺的平臺上，成千上萬的戰鬥飛船轉身、起降、飛上天空，而平臺四周的磁場保護層將天空中前來狙擊的機械飛行器紛紛擊落。

天空中到處都是火球，震耳欲聾的雷光中，飛船爆炸，拖著尾焰墜入大海。

猶如被捅爆的馬蜂窩，上萬艘飛船離地騰空而起，發出一排排雷射彈，飛向城市的最中央處。

Chapter.04

逃亡之戰

阿卡被帶進一艘小型戰鬥飛船，裡面只有一名生化人駕駛員。

「找位置坐下！繫好安全帶！我負責把你們送到母艦上。」駕駛員喊道。

阿卡想起那名老頭還有東西讓他交給生化人陣營的李布林將軍，便火速坐好。透過艙蓋，能看見天空中到處都是火光，機械軍團一窩蜂地湧出來，幾乎遮蔽了整片天空。

飛船劇震，黑石緊緊抓著頭頂的穩固把手，駕駛員吼道：「小心你們的頭！」戰鬥飛船在空中翻滾，險之又險地側身從兩艘巨型水母飛艦的鋼鐵觸鬚中穿行而過，阿卡道：「你們能贏嗎？」

「很難說！」駕駛員喊道，「不知道是哪個該死的傢伙洩露了風聲，進攻計畫被提前了！」

阿卡心有餘悸，駕駛員又道：「我們要到機械之國的中心地帶去了！你們小心點！」

阿卡道：「別去！會死的！」

「母艦在那裡！」駕駛員道，「李布林將軍就在前線！沒有退路了！」

一道閃光在遠處波動，照亮了整個世界，輻射的火球呼嘯而來，刺眼光芒淹沒了整個戰場。

在那一刻，所有聲音都遠去了，四周變得靜謐無比，黑石彷彿看見了什麼，緩緩起身，走向駕駛艙。

阿卡拉著他，要他坐下，太危險了。然而阿卡喊出的話，卻被淹沒在這空靈與寂靜之中。他馬上意識到，爆炸聲太大，造成了暫時的失聰。

他剛拉上黑石的手，與他手指相扣，便本能地感覺到了，那光芒裡有股力量在召喚著他們。

那是什麼？阿卡一時間忘了身處險境，怔怔看著白光裡的東西。

頃刻間小型戰鬥機穿出了光團，聲音又回來了，阿卡看清了環境。

那是極其壯觀的一幅景象，生化人的母艦彷彿一座城市般巨大，正懸浮在半空，散出成千上萬的戰鬥機，排山倒海地朝著中央電腦湧去。

而中央電腦「父」則頂天立地，發出刺眼的光芒，操縱著密密麻麻的機械飛行器，抵擋母艦的衝擊。天空的烏雲卷成一個漩渦，磁場將世界割裂成支離破碎的小塊。

這是神祇的戰場，阿卡在它面前不禁為之戰慄。

就在此刻，「父」的防禦基座再次射出光能炮，擊穿了母艦的側翼，破碎的零件與鋼鐵機身炸開，朝四面八方射出。

「小心！」黑石將阿卡撲倒在地。

一枚高速飛行的零件朝他們的機艙射來，在音爆聲中將駕駛員的頭顱擊碎，血液噴了滿艙，戰鬥艦猛烈搖晃，旋轉著朝地面墜去。

阿卡滑到機艙的尾部。

「別管我！去駕駛座上！」阿卡喊道。

黑石會意，踏著座椅朝前猛地一衝，推開駕駛員的屍體，抓住操縱桿。

阿卡：「穩住，朝後拉！」

黑石猛然一扯操縱桿，阿卡努力扶著機艙壁身向前走，迅速坐上副駕駛位置，拇指按下機槍鈕，戰艦四周展開雷射炮，將隕石群般飛來的零件盡數擊碎。

「現在要怎麼辦？」黑石根本毫無頭緒。

阿卡問道：「你會開飛船嗎？朝母艦飛去！」

「不會！」

「用你的直覺操作！快！我們要死了！」為了保住小命，阿卡也管不了這麼多了。

黑石怒吼道：「吵死了！不能到中間去，會被擊穿！」

阿卡只記得他的使命，卻忘了他們要保命的事實，正要思考時，時間卻不容他再多作考慮。

「快，跑啊！」阿卡果斷道。

然而劇烈的震動引發了又一場天崩地裂，小型戰艦被掀飛出去，撞向電腦高塔，駕駛艙外爆發出火光，劇震中阿卡一頭撞在駕駛臺前，頭痛欲裂。

爆炸聲不絕於耳，阿卡迷迷糊糊，感覺到黑石在拍打他的臉。

「醒醒！」黑石焦急地喊道。

阿卡的額頭受傷流血，茫然抬起頭，頓時駭然。

兩人被卡在駕駛艙的邊緣，腳下就是萬丈高空，距離他們不遠處，巨型母艦在瘋狂轟炸著，防禦層隨著雙方的交火而劇烈顫抖，隨時會將他們連同戰艦一同甩下。

小型戰艦以接近七十度角的方向卡在塔樓上，隨時有可能墜落。

阿卡回過神，馬上打開備用引擎開關，破損的警報燈亮起，能源不足。

「船不要了嗎？」黑石在震耳欲聾的聲音中大喊。

「不行！」阿卡道，「我們在中央高塔的六百多層，還沒跑下去就會沒命了！」

黑石煩躁而無奈地嘆了口氣。

「現在呢？」黑石大聲道。

「沒有能源了！」阿卡大聲道，「要想辦法幫戰艦補充能源！」

怎麼想辦法？阿卡看著剩下百分之十二的能源槽，一臉茫然，腦子嗡嗡地響。

黑石沉默了一下，問道：「附近還能找到交通工具嗎？」

「不行……」阿卡抬眼望向天空，母艦與電腦高塔的戰鬥進入白熱化階段，短短一瞬間，他的腦海中轉過許多念頭——

一、棄船逃生，危險太大了，從這裡回到地面，也是在戰場中央，徒步逃跑的話根本跑不快，隨時可能被流彈炸死。

二、找新的搭乘工具，按道理說是不可能的，機械之城內，幾乎所有飛船都被「父」控制著。

「這裡只有『父』。」阿卡解釋道，「我們破解不了他對機械的控制……」

黑石也抬頭看天，看見無數穿梭的人形機甲，又朝阿卡問：「那些呢？」

阿卡道：「那些是生化人的機甲，我們沒辦法用。」

「或許有壞的機甲……」

「一時之間也不可能修好！」阿卡相當焦慮，「該怎麼樣才能補充能源……」

思考片刻，他抬頭看到電腦高塔深處，產生了一個大膽的想法。

「父」的能源是可以用的，外部有給機械體補充能源的備用插口……

「抓著我！」阿卡說。

黑石拉著阿卡的手，阿卡爬出飛船，朝下一看，頓時天旋地轉。

「小心！」黑石提醒道。

在一側懸空的飛船上進行艦體外維修，阿卡心想自己簡直是瘋了……從前根本沒想過會發生這樣的事，果然人到了生死關頭，什麼都做得出來。

他開啟戰艦一側的能源閘，將電纜扯了出來，繞在自己的腰間，左右看看——距離他們最近的「父」的對外介面，就在十公尺外的高處。

然而整座高塔都在震動，外表平坦而無法著力，要怎麼爬上去？

黑石看出了阿卡要做的事，喊道：「回來！我去想辦法！」

阿卡皺起眉頭，「你怎麼想辦法？這裡都是極硬的金屬外牆！」

黑石把阿卡拉回艙內，接過電纜，問：「怎麼接？」

「把夾子夾上去就可以了。」阿卡說。

黑石四處看了看，找到一個疏通發動機內管道用的橡膠油泵，說：「用這個。」

那是一個馬桶吸盤。

阿卡連忙道：「不……不行！太危險了！」

憑著一個馬桶吸盤，就想上去嗎？這個瘋子！

黑石沒有回答，轉身衝上前，朝著高塔一躍，手持馬桶吸盤，砰的一聲，黏在了電腦高塔的一側。

阿卡頓時傻眼了，定定地看著黑石，深怕他一個不小心就會摔得粉身碎骨。

只見黑石一手貼著外牆，借手掌的摩擦力固定身體，另一手拔下馬桶吸盤，又飛速朝更高的地方一壓。

這樣也行啊！阿卡怔怔地看著黑石用一個馬桶吸盤，在「父」的身上越爬越高，既提心吊膽，又覺得相當好笑。

黑石接近了那個介面，把電纜接頭朝上面一夾，艙內的能源瞬間到頂，所有燈都亮了起來。

「成功了！」阿卡大吼，「黑石，快回來！」

黑石卻一動不動，仍然保持著原先的姿勢，阿卡焦急不已，聲音被淹沒在連番爆炸之中。

糟了！阿卡再次轉頭，看見天空中橫亙的巨大母艦已快支撐不住，「父」的高塔上射出耀眼的藍光，轟然擊穿了母艦的腹部。爆炸的狂風吹來，黑石一手按在對接口外，怔怔地看著電纜接頭。

接頭處煥發著藍色的光芒，一陣聲音隱隱約約在黑石的腦海中迴盪。是一個男人的聲音，卻模糊不清。

戰艦已成功充滿能源，阿卡焦急大吼，黑石卻一動也不動，讓他快絕望了。頭頂遠方的母艦接二連三地發生爆炸，零件從高空墜落、飛射。阿卡急促喘息，眼見一陣火光即將吞沒黑石之時，一臺破破爛爛的機器人從火光中衝來。阿卡瞠目結舌，完全無法相信眼前發生的一切。

那破損的機器人是K！

K怎麼會到這裡來？那是他的機器人！

K從火光中衝出，砰然撞上了「父」的外牆，再伸手將黑石一抓，黑石頓時清醒過來，滿臉愕然，再被K一手抱著飛向小型戰艦。

下一刻，阿卡還來不及思考在這短短一瞬間發生的所有不合常理的事，黑石就被K扔進了艙體內。

「快走。」K說。

那機器人轉身，一腳踹上小型戰艦，戰艦鬆動。阿卡頭皮發麻，無論如何也無法接受K在他面前活過來的事實。

「你……K，你怎麼會……」

「快走！」K身上的音響帶著焦急的意味，又是狠狠一腳，幫助戰艦脫離。緊接著轉身，飛向母艦。

眼見戰艦就要摔下去，阿卡轉身拉起操縱桿，就在這時，又一次驚天動地的爆炸，母艦突破了中央電腦的防禦層，撞中「父」的電腦高塔。刺眼的藍光一瞬間綻放出來，先是將殘破的母艦掀飛，繼而使整個機械之城的地面龜裂，錯位，爆炸。

阿卡尚未意識到自己見證了歷史的誕生，以及三千年來，機械政權的第一次重大轉折。他唯一的念頭就是：已經到了這裡，無論如何都要保住性命。

所有定位設施都已失靈，他分不清哪裡是天，哪裡是地，只能本能地憑藉直覺。

能量的巨浪先是將整個戰艦沖飛，他們被推向遙遠之處。

最終，藍光消失，面前是不停旋轉著的大地。

飛船拖著滾滾濃煙，衝向一片荒蕪的平原，先是側翼撞上了一座山，繼而在劇烈顛簸中落下懸崖，墜入一條大河中。

轟一聲巨響，水流瘋狂地湧入，阿卡頭昏腦脹地起身，抓著黑石的手，打開逃生艙按鈕。

然而艙門卡住了。

「黑石！」阿卡喊道。

黑石昏迷不醒。

「該死！」阿卡猛地踹了幾腳，水流越來越大，他背著黑石到處找出口。黑石太重了，沉甸甸地像塊鐵板。兩人被困在戰艦內，水位越來越高，黑石被水一嗆，突然睜開眼，反手摟著阿卡的腰，抬腳一踹，沉重聲響中，整塊側艙的鋼板在水底部激飛出去。

兩人在河面上被水流沖得暈頭轉向，最後艱難地爬上了岸。

阿卡狼狽不堪地咳出幾口水，與黑石相視，兩人忍不住大笑起來。

「哈哈哈哈——」阿卡不知道為什麼，笑得上氣不接下氣，黑石也忍不住莞爾，抹了把臉上的水，在石頭上坐著。

這是一塊荒蕪的平原，他們仍在機械之國的國境內。阿卡觀察太陽的方向，確定了方位，兩人站在高處，眺望遠方道路。

平原的東邊冒著滾滾濃煙，「父」與生化人母艦的最後衝撞，造成了一瞬間的空間扭曲，將他們送到了距離機械之城四百公里外的遠處。其中還帶著不少墜落的機械兵器，嵌入了大地的岩坑內。

阿卡在機械殘骸中拆下一些用得上的零件，並以反應爐熔化，鍛造了一把新的小扳手。他想起機器人K，疑問多得簡直快把大腦擠炸了。

K為什麼會在那裡？K為什麼有意識？K為什麼會說話？

想了許多種可能，阿卡斷定——應該是K裡面有人！

想起之前K朝自己說的話，裡面一定有人在駕駛。然而這個人，為什麼會認識他們？還是因為戰爭的原因，有人無意中發現了礁石洞內的K，再駕駛它參戰，無意中救了自己與黑石？

阿卡怎麼想都想不明白，只能暫時放棄。先前他唯一的念頭就是幫K找一個核融合引擎，然而現在到處都是核融合引擎，卻用不上了。

「我走了。」黑石忽然道。

「去哪裡？」阿卡問道，旋即意識到接下來的對話肯定又是「跟你沒關係」一類的重複，阿卡簡直要被這個人氣死了。

早知道這麼無情無義，剛開始就不該救他！

「我把你從海裡救起來，又在生活區裡救了你一命！你就不能對我客氣點嗎！」阿卡憤怒地吼道。

「我也救了你好幾次，扯平了。」黑石冷冷地回答。

阿卡一愣，「你哪有？要不是我帶你出來……」

兩人針鋒相對地站著，阿卡突然又意識到吵架根本沒有意義。剛才一路上，沒了黑石，阿卡單靠自己根本活不下來，但沒了自己，黑石也找不到出來的路。

「算了算了，再吵下去也沒意思。」阿卡無奈道，「你要去哪裡？」

「我有任務。」黑石如是說。

阿卡心中一動，問：「什麼任務？你想起來自己的身分了？」

黑石遲疑地看著遠方，最後緩緩搖頭。

阿卡追問道：「想起什麼了？」

「沒有，只知道我有個任務。」

阿卡道：「那不就是了？你也不知道任務是什麼的話，你打算去哪裡？」

黑石看上去有點煩躁，阿卡過去想拍拍他的肩膀，黑石卻側身一讓，躲開了。

阿卡收回手，嘆了口氣，懶得跟這神經病多說。

躍下岩石，檢視散落在平原上的機械殘骸，過了一會兒，他看見黑石也下來了，在荒野中走來走去，漫無目的。

「你對這個世界半點都不熟悉，」阿卡喊道，「又沒有目的地，別亂走！迷路了你就沒辦法了！」

黑石撿起一塊石頭，在手裡拋了拋，突然朝遠方擲出，發出一聲憤慨的怒吼。

阿卡依稀明白了一點黑石的心情。

一個人，沒有過去，沒有未來，不知道自己叫什麼，那種茫然與苦惱，就像魔鬼般憋在心裡，讓人相當難受。

「嘿，老兄，」阿卡走過去說，「別這樣。」

黑石全身肌肉繃得緊緊的，聽到阿卡的聲音後，漸漸放鬆下來，冷冷地瞥了阿卡一眼。

「你打算去哪裡？」黑石問道。

「不知道，」阿卡笑道，「總算逃出來了，不是嗎？世界這麼大，總有去的地方，你還欠我兩條命呢，不如結伴同行吧。」

黑石冷冷道：「我不欠任何人性命。」

阿卡堅持道：「我救了你兩次。」

孰料黑石又突然伸手，覆住了阿卡的頭。

「幹嘛？」

黑石淡淡道：「一次。」

「……」阿卡無語了。

黑石拿開手，又覆了上去。

「兩次，現在扯平了。」

說完，黑石放下手，轉身走開了。

阿卡抓狂道：「這是什麼意思！」

黑石遠遠地回頭道：「剛剛本來可以殺了你。」

阿卡徹底無言了，這個人到底有什麼問題？

三小時後，阿卡吃力地拆卸著一臺機甲，黑石仍在附近漫無目的地遊蕩，不來幫忙，也不走遠。

阿卡喊道：「嘿！你就不能幫我個忙嗎？」

「說『請』。」黑石停下腳步。

阿卡無奈地嘆了一口氣，「請。」

黑石隨手一扯，就把機甲的手臂整個拖拽下來，扔在地上。阿卡打量黑石，心道這人的力氣好大。但他既不是生化人，也不是機器人……生化人的血不會是紅色的，而機器人更不會流血。

這次黑石不走了，他站在一旁看阿卡拆卸零件，沒有問，也不說話，直到阿卡組裝好一把雷射槍，遞給黑石。

「這個給你帶著防身。」

黑石端詳了那把手槍一會兒，接過來，學著那些生化人的裝束，把槍別在腰間。

「離開這裡後，我們要穿過機械之城的勢力範圍，朝西邊走。」阿卡朝黑石說，「去新的大陸，才能活下來。」

「什麼時候走？」黑石有點不耐煩道。

阿卡耐心地解釋：「要做好周全準備，否則走到半路就會死。」

「你會死，我不會。」

阿卡沒好氣地道：「你不會，那你自己走啊！」

黑石又不回答了，換了個話題問：「它們，死了嗎？」

「誰？」旋即阿卡意識到了機械之城內的現狀。

「父」的情況他也不清楚，但從小所學的知識告訴他，「父」是全能的。在地面上的電腦高塔，只是「父」的一部分，更龐大的機身還埋在地下。

阿卡實在無法確定，只能向黑石約略地解釋一下，他又想起那名老博士交給他的晶片，便掏出來仔細地研究了一番。當然，兩人都說不出個所以然來，黑石對晶片也沒有半點興趣，阿卡只能再次收好。

夜幕降臨，他們在機械體的殘骸下打開反應爐，依偎著取暖。黑石回到河邊，用雷射槍射死幾條變異的魚，帶回來扔在阿卡面前，讓他烤來吃。這些魚在工業廢水中長大，體內有大量的重金屬元素，阿卡只吃了一點，也不讓黑石吃太多，免得兩人中毒。

解決完飢餓問題後，阿卡也不管黑石了，逕自躲在機械殘骸裡睡覺。

半夜，平原上下起了大雪，荒野上颳起北風，阿卡凍得瑟瑟發抖，卻不知黑石去了哪裡。他朝機械殘骸裡縮了縮，竭力把自己藏在擋風處，然而實在冷得受不了，他覺得自己快成冰塊了。

就在他凍得快產生幻覺時，一具溫暖的軀體鑽了進來。

「你去哪裡了……」阿卡含糊地問。

「跟你沒關係。」黑石冷漠地答道。

阿卡凍得上下牙直打顫，感受到黑石的溫暖後，朝他的懷抱裡鑽，直到整個身體都被包覆在熱源之下，終於能平靜地入睡。

翌日，阿卡是被凍醒的，太陽爬上天空的正中央時，黑石回來了。

阿卡瑟縮地鑽出機甲廢墟，發現黑石抓著一具生化人屍體的腳，將屍體拖回來，扔在他面前。

「吃吧。」

「別開玩笑了！怎麼能吃人？」阿卡深深皺起眉頭。

「他和你不是同類。」

阿卡知道生化人對於人類來說，其實也就相當於各種蛋白的組合體，更何況是死了的生化人。然而他看著生化人與人類極度相似的臉，實在沒辦法吃得下肚。

「我……我不吃。」阿卡別過頭，不再看那具屍體。

「那我自己吃。」

阿卡連忙轉回頭，抓狂地叫道：「你要是吃了這個生化人，就別再跟我說話了！」

黑石開始露出不耐煩的表情，「你怎麼這麼麻煩？」

阿卡賭氣道：「反正不能吃生化人就對了。」

他實在無法接受黑石在他面前鋸下一個「人」的腿再烤熟吃下去。

黑石猶豫了片刻，最終還是放棄了那個生化人的身體，改去找別的食物。

被帶到平原上的不止他們，但倒楣的是，凡是藏有生化人士兵的機械體，裡面的活物都死了。黑石從機甲上拆下一隻手臂，試著揮了揮，有點吃力。

「別帶著太大的東西。」阿卡提醒道，「怎麼，你喜歡重兵器嗎？」

黑石沒說話。

阿卡啼笑皆非，協助他拆下一塊長條形的鋼板，並焊上把手，黑石試了試，揮起來呼呼風響，便將它背在背後，儼然一把闊劍。

「走吧。」阿卡整理了自己的臨時挎包，裡面有一個指南針，一個生化人使用的療傷補充箱，一些針劑型興奮劑，一個可攜式的能源爐和扳手、起子等電磁修理工具，還有一套磁場製造器。

「你帶這些做什麼？」黑石漠然問道，「自己都背不動。」

阿卡帶著這麼多東西確實有點吃力，但他堅持道：「機械師的修理工具，就相當於戰士的槍，以後會派上用場的。」

平原上大片大片的雪白得刺眼，黑石戴上一副從生化人士兵身上取來的墨鏡，與阿卡一同踏入了全新的未知世界。

Chapter.05
世界之脊

這是阿卡與黑石在雪地裡行走的第六天。

周圍杳無人煙，他們先是穿過一座小森林，再從森林裡出來，現在遇上了一座巨大的山脈。

阿卡的包包已經轉移到了黑石手中，就連這樣，阿卡都有點氣喘吁吁，無法負荷白天的行走。走到山脈斷口處，他甚至要趴在黑石的背上，讓他帶著自己攀爬過去。

「這裡是整個星盤的屋脊，」阿卡說，「鏡川。」

黑石依舊一臉冷漠，似乎對阿卡的話語毫不在乎，只是悶頭背著阿卡往前走。

爬了一段路，黑石似乎也累了，阿卡便決定先在此處休息一下。

坐在火堆前，阿卡把捕捉到的野狐吃完，味道又騷又臭，而且還沒有鹽，吃得他快吐出來。

「星盤就是我們的世界，」阿卡朝黑石解釋道，「一個大的星盤，引領著十七個小的星盤。每個大陸，都是一塊獨立的島嶼，就像齒輪一樣，彼此嵌合。」

黑石漫不經心地應了一聲，問：「休息完沒有？」

「沒有，」阿卡無奈道，「拖累你了，真的很抱歉。」

阿卡這句話確實是出自真心——黑石實在太強了，他不畏酷寒，臂力過人，走一天的路都不用休息。當然，作為補充，他也吃得很多。畢竟是三千年前的人類，在那個時代，人類的基因都是最優質的，被稱為黃金時代。不像阿卡他們這些在黑鐵時代生存的人，掙扎在機械政權的統治下，弱不禁風。

阿卡一路上總是在觀察黑石，想知道他到底是什麼。最後，一個直接的證據令阿卡確信黑石是人類——排泄。

是人就要進食，當然也要排泄。黑石會出汗，也會想洗澡，他洗澡的方式是脫光了衣服，赤裸裸地站在雪地裡，直接用雪在身上抹擦，偶爾也會排泄，但大部分時間會避開阿卡，這種羞恥感似乎是與生俱來的。

阿卡某天遠遠地看著黑石，黑石剛擦完身體，簡單地洗過澡之後，便跪在雪地裡，一動不動，古銅色的肌膚在閃爍的陽光下，猶如一尊完美的古代男神雕塑。阿卡只見過蹲著或是坐著的，還是第一次看見有人跪著小便。待他走後，阿卡過去看了一眼，卻被黑石拖回來，扔在雪地裡。

連阿卡都覺得自己像個變態，他只好落荒而逃。

最後，阿卡認為，黑石除了脾氣不太好和有點暴力外，整體來說，還算一個很好的同伴。

「你見過青銅時代的人嗎？」阿卡問道。

黑石眉毛一挑，阿卡便意識到自己可能惹他生氣了，結結巴巴解釋道：「我不是想問你的……你的過去，只是好奇而已。」

「沒有。」黑石道，「我不知道那是什麼。」

「黃金、白銀、青銅、黑鐵時代，」阿卡說，「我是第四代人類了。聽說在黃金時代以前，還有更古老的本源人種。」

黑石沉默地聽著。

這些天裡阿卡時不時會告訴他一些事，對方看似沒有動靜，但阿卡知道他應該都聽進去了。

「本源人創造了這個大陸的一切。」阿卡說，「包括複製生物技術、電腦與人工智慧，一萬四千年後，他們的身體進化得越來越強壯。」

黑石說：「後世把他們稱作人類的黃金時代。」

阿卡點點頭道：「那是人類最輝煌的時期。不知道這個世界上還有沒有像你一樣的黃金人類，可能理想國或者西方的鳳凰城人類聯盟會有吧。」

黑石淡淡道：「有又怎麼樣？」

阿卡熱心地說：「說不定能搞清楚你的使命啊。」他撿了一根樹枝，在地上畫地圖，「攀過鏡川，從這片高原上翻過去，抵達艾佳海峽，我們說不定就能等到通往鳳凰城的船隻。」

黑石隨口道：「也可能會被機器人抓住，射成馬蜂窩，你的計畫我已經聽了第六遍了。」

阿卡瞪了一眼黑石，聳聳肩，想想對方說得也沒錯，便懶得跟他爭執下去。

忽然間，黑石的表情發生了微妙的變化，似乎聽到了什麼。

「留在這裡。」黑石吩咐道，繼而扛起他的大劍，從山坡上滑了下去，揚起一路雪塵。

聲音越來越清晰，連阿卡都聽見了，那是飛行引擎的轟隆聲，與機槍掃射的聲音，還有女人的尖叫和男人驚慌失措的吶喊聲。

機械體追來了！阿卡心裡一慌，他沿著小路下去，看到鋪滿積雪的山谷中，一群人類正在沒命地奔跑、躲藏，兩臺機械巡邏者懸空朝著人類追去，邊追邊發射子彈。

山崖上，一個人影在峭壁間縱躍，那是黑石。

黑石張開雙臂，手持巨劍，從高處一頭墜下。

「小心！」阿卡吼道。

黑石沒有絲毫回應，落在一臺機械巡邏者上，懸空的殺人機器轉身，飛射的子彈調轉了方向。阿卡將背包一翻，倒出所有零件，抬頭時手上不停，飛速組裝起磁場製造器。

逃亡的人類朝著山坡上衝來，黑石按著一臺機械巡邏者，猶如控制著一頭難以馴服的烈鳥，機械巡邏者撞上了山巒。第二臺機械巡邏者轉頭朝黑石飛去，打開機槍匣，瞄準黑石，即將掃射。

阿卡用螺絲起子蓋上磁場製造器的盒蓋，拴上一根繩索，快速打了個結，抓著繩索的尾部，高速甩起圈，繼而拋了出去。

閃耀著灰色金屬光芒的機械盒「嗡」一聲飛向高空，繼而感應到金屬體，朝另一臺機械巡邏者飛去，發出輕微聲響，貼在它的機體上。

緊接著嗡一聲，磁場的藍色電光閃爍，黑石轉身飛撲，躍向峭壁，第二臺機械巡邏者的反重力引擎失效，撞上了山崖，發出驚天動地的巨響。

山巒崩了一塊，雪崩了。

「快跑！」阿卡吼道。

黑石被迅速崩落的暴雪沖了下來，人群衝上高地，兩臺機械巡邏者閃爍著電光，發出爆炸聲，再次引起了連鎖反應，鋪天蓋地的雪埋下，山巒屹立，折射著絢爛的陽光。

天崩地裂的響聲後，世界安靜了。

「咳、咳、呸！」阿卡從雪裡艱難地爬出來，黑石快步爬向他，一手抓起阿卡衣領，把他拖出雪地。

逃亡的人類紛紛從雪裡鑽出來，死裡逃生，個個心有餘悸。

阿卡朝他們點點頭，發現從雪地裡爬出來的人有七個。兩個女人，四個男人，一個小女孩。

大家坐在陽光下的雪地裡，都是疲憊不堪。

「你們什麼時候逃出來的？」一個女人問阿卡。

「七天前。」阿卡說，「我叫阿卡，他是黑石。」

「謝謝你們。」一個男人感激地說，「我們被這兩臺傢伙追了一路……」

黑石冷漠地說：「我只是保護自己。」

阿卡有點尷尬，笑著圓場道：「別這麼說，大家都是人，是人就會互相幫助。」

眾人笑了起來，黑石走到一旁去。遠處還有幾個男人，正在朝雪地裡挖。

「朋友！幫個忙！」一個男人在遠處喊道，「這裡還有個傢伙，把他弄出來！」

阿卡過去，躬身看，幫助他們把裡面的人拉出來後，他怔住了。

那是個生化人。

生化人滿臉是雪，才剛起身，就被身邊的人類一拳揍在臉上。

「你欺騙了我們！」那男人憤怒地說。

「欸，等等！有話好說！」阿卡被嚇了一跳，看到生化人剛出來便被揍倒在地。

男人們紛紛圍過來，一人拿著槍，抵著生化人的頭，冷冷道：「為什麼朝機械兵團發訊號？」

「我沒有！」那生化人憤怒地說。

為首的男人怒吼道：「你在聯繫兵團，想把我們抓回去！」

生化人道：「我只是想收聽總部的消息……」

阿卡試著插話道：「先別……先讓他把話說清楚吧。」

「跟你沒關係。」為首的男人以手臂攔著阿卡，要他走開，阿卡一個踉蹌，退了幾步。

黑石原本正站在一旁，觀察與他們隨行的小女孩，這時敏銳地察覺到衝突，轉身朝他們走來。

「什麼事？」黑石冷冷道。

數人都看著黑石，目光繼而轉到他手上的闊劍，沒人敢說話了。

為首那男人道：「我叫塔普。」

黑石點點頭，阿卡示意先放開那生化人，朝諸人問道：「他犯了什麼錯？」

塔普朝黑石說：「我們一路上好心收留他，他卻在隊伍裡偷偷朝機械兵團發送訊號……」

生化人怒道：「沒有！是我一時好心，把他們救出機械之城，路上我只是想收聽總部的消息而已！收發器被他們毀了不算，還忘恩負義想殺我！你們這些忘恩負義的人類……」

生化人一時情緒激動，要與塔普拚命，卻被那群男人制住。

「他用什麼聯繫機械兵團的？」阿卡朝塔普問道。

塔普轉身示意，另一人拿出訊號接收器。

阿卡看了一眼，向他們解釋道：「這個只能接收，不能發送消息，他沒騙你們。」

「但還是他把機械巡邏者引過來的！」一名男人不服氣地說，「一定是他在收發消息時，被追蹤了。」

阿卡耐心地繼續說明：「不能發送訊號，機械巡邏者就發現不了訊號源，所以不會是他引來的。」

生化人看著他們，眾人都相當尷尬，短暫的沉默後，塔普說：「帶著他太危險了，把他殺了吧。」

「你們！」那生化人簡直是難以置信。

阿卡卻道：「慢著！為什麼要殺他？」

塔普道：「生化人和我們不是一夥的，誰知道他們有什麼詭計？」

阿卡憤怒道：「不能殺！」

阿卡望向黑石，黑石不置可否，塔普等人似乎有點畏懼他倆，最終阿卡道：「把他交給我，我有話要問他。」

阿卡伸出手，生化人拉著阿卡的手，借力起來，阿卡帶著那生化人與黑石一起走了。

「等等！」塔普在背後叫道。

「還有什麼話要說？」阿卡轉身問。

塔普打量三人，似在評估黑石與阿卡的戰鬥力，最終放棄了某個打算，說：

「你最好小心那傢伙。」

「謝謝你的提醒。」阿卡答道。

夜幕降臨，阿卡、黑石與那生化人坐在山洞裡，升起一堆火，其餘人類則留在山谷中暫作休憩，在背風處躺著。

「李布林將軍死了，」生化人說，「革命失敗了，『父』正在重建機械之城，並派出機械巡邏者，搜尋逃跑的人類和生化人兄弟們。」

這實在是一個壞得不能再壞的消息，阿卡問：「總部有什麼消息？」

「你似乎對我們的行動很清楚，」生化人漫不經心道，「參與弒父計畫的人類不多，你是怎麼知道的？」

阿卡道：「碰巧而已。所以現在都失敗了嗎？」

「還沒有，」生化人看了眼黑石，「總部讓餘下的殘兵都逃過艾佳海峽，到安多利亞去，和鳳凰城的人類組成聯盟，再想辦法反攻。」

阿卡沉吟，點頭。

黑石道：「在機械之城裡的人都死光了？」

生化人嘆了口氣，說：「也不算完全失敗。至少這麼一來，『父』要修復自己至少要十年時間，我們為最後的總動員爭取到不少時間。」

「安多利亞是什麼？」黑石冷漠地問道。

「生化人之國。」生化人答道，「在那裡有我們生化人的祖先，三位根源之人，原本生化人有四位始祖，但其中一位在多年前參與了某個計畫，計畫失敗後被『父』囚禁了。就是他留在機械之城，策反了所有生化人，並發動這一場戰爭的。」

阿卡嘆了口氣，生化人的話透露了一個很重要的資訊——他們仍置身於危險之中。

生化人反覆擺弄那個小機械裝置，疲憊地說：「聯絡不上總部，收聽器被那些愚蠢的人類弄壞了。」說完這句後，他意識到阿卡與黑石也是人類，「抱歉，我不是說你們。」

阿卡點頭，問：「你怎麼沒有編號牌？」

「所有的生化人在革命開始時，就不再承認機械政權給我們的編號牌了，我們都給自己取了獨一無二的名字。」生化人說，「我的名字叫飛洛。」

「我叫阿卡。」阿卡朝他點頭。

「黑石。」黑石道。

飛洛的加入，終於令阿卡不用再每天對著一塊鐵板似的黑石了。他們翌日起來後，另一處營地裡的人類便過來通知，問阿卡是否與他們一起走。阿卡的三人小隊便加入了這個人類的逃亡陣營。

他們翻山涉水，前往艾佳海峽，並期望在那裡遠渡重洋，去一個新的大陸。

在阿卡所接觸過的生化人裡飛洛算是脾氣很好的了，他對黑石相當客氣，黑石也從不像對阿卡那樣對他。

「謝謝你們救了我。」某一天，飛洛在路上忽然說。

「不客氣。」阿卡對生化人群體始終還是抱著一定的好感度，畢竟與黑石逃出牢籠時，是生化人救了他們。如果沒有這些盟友，他們一定會死在機械之城裡。

「我現在發現，」飛洛感慨道，「要改變這個世界，始終還是得靠人類。」

阿卡喃喃道：「人類嗎？」

生化人的革命居然是受人類影響後發起的，這多少有點出乎阿卡的意料，但仔細一想，卻又都在情理之中。人類有豐富的情感與複雜的智謀，這是鋼鐵之軀無法達到的。但人類也因情感與智謀彼此牽制，互相構陷，並壓迫其餘的種族。造物主在賦予人類光的一面時，又無情地留下了許多缺陷。

整個世界因人類而發生改變，或許造物主在創造這個世界之時，便已將圓規的支點安在人類的身上，而另一足，則劃向廣袤的未知之中。

人類之間千差萬別，每個人都是世界上獨一無二的個體，最後就連生化人也都在追求個體化。就像飛洛，會給自己取名字，將外套反過來穿，又或是把草葉插在帽子上，以示自己與其餘個體的區別。

「我聽一位生化人大哥說，這是『我』的意識覺醒，」飛洛朝阿卡說，「你們每一個人類，都有『我』這個意識，而我們沒有。所以先知喚醒了我們的自我意識，才發起了革命。」

「那你現在覺得，『我』是什麼概念？」阿卡好奇問道。

飛洛搖搖頭：「說不清楚，但至少可以明白一件事，我和從前不一樣了。」

阿卡本能地覺得這個話題非常深奧且複雜，每一個人都有自我意識，他們都是獨立的，大到成人，小到小孩子……他望向人類的隊伍，看見那唯一的小女孩，好奇地跟在黑石身邊問這問那，黑石則三不五時地點頭，或搖頭，大部分時間沉默，只是觀察這個小女孩。

「小孩子是很神奇的生物。」飛洛又評價道，「我們一出生就已經具有成年人類的形態，沒有經歷過童年。人類的幼年階段，似乎總是很快樂。」

阿卡道：「我已經記不清自己的童年了，感覺也快樂不到哪裡去。」

黑石背著小女孩前行，阿卡走在他的身邊，逗了逗那女孩。

阿卡：「妳叫什麼名字？」

「安。」那女孩怯生生地答道。

阿卡笑了笑，正色道：「安，加油，我們會找到希望的。」

女孩點了點頭。

日出日落，這是一段漫長而沒有盡頭的道路，在雪山中穿行非常艱苦，找不到食物，所有人陷入絕望而煩躁的心情。只有阿卡仍堅持不懈地利用磁場製造器，布下磁場陷阱，偶爾能捕捉到一兩隻落網的鳥雀，又或是　。

他把吃的交給女孩與女人先吃，黑石最初相當奇怪，後來也就漸漸習慣了阿卡的做法。

就在大家都快撐不下去時，在飛洛的帶領下，所有人離開了雪域，進入了一塊廣袤的草原，再朝前走，就是西部內海的海岸了。

足足走了近半年時間，在所有人都筋疲力盡之時，他們終於看到了曙光。這個時候，大家的衣服都破破爛爛，黑石的上衣破得最厲害，一路走來，披荊斬棘，全是他在開路。黑石索性打著赤膊，將布條般的上衣系在腰間。

飛洛在路上為了救那小女孩，被毒蛇咬了一口，幸好他是生化人，不受毒素影響。

阿卡也徹底狼狽了，一身衣服殘破不堪，挎包的布條也斷了。只好跟黑石借了兩條布，打了個結，把它繫在身前。

路上有兩個人病死了，阿卡無能為力，只能帶著剩餘的人繼續行進。更要命的是，病死的其中一位是安的母親。

一路上，安總是問她的母親去了哪裡，而飛洛則答道，她的母親已經到前面去探路了。安不叫，也不鬧，便從那幾個人的陣營中脫離出來，跟著阿卡的小團隊在一起。

這是一片非常廣闊的平原，是星盤核心上最古老的地方，它與雪山及山下的原始森林接壤，隔開了機械之城與西海岸區域，名為「遠古之心」。

古代將此處稱為「造物主的實驗室」，只因草原上的物種多樣。遠古時期的暴龍在草原上肆虐，連機械兵團都奈何不了此處。

補給線太長太困難，導致多年前的人類逃離機械之城後，來到西海岸邊緣，只能零星地建造自己的棲息地，並取名為「反抗者聯盟」。

然而這一切都只是暫時的，大家都知道，遲早有一天，「父」的機械兵團會來到此處，侵占整個西海岸，只有離開這塊大陸，漂洋過海前往遠方的國度，才有活路。

生存在遠古之心邊緣的人類，不得不同時提防草原上的古代生物襲擊，以及來自更遙遠的東方大陸上的機械兵團，每天提心吊膽，惶惶不可終日。

阿卡曾在蟻巢中聽說過此處的傳說，當時他還想著，如果有朝一日能夠抵達此處，該有多好。在經歷了這麼多後，他漸漸意識到，當初自己駕駛著K，妄想越過大海，去尋找傳說中的理想國的念頭有多可笑。

飛洛說：「越過平原的警戒線，就是瑪莎鎮了。」

一群人風塵僕僕，站在平原的山坡上朝下看，所有人久久無語。

整個平原的邊緣地帶，占地上千坪的空地上，一眼望不到頭，全是密密麻麻的人類。人類或坐或臥，或聚集在鐵絲網前，等候瑪莎鎮的接納。鐵絲網猶如一道攔腰圍起的國境線，在最後的希望邊緣，無情地拒絕了任何人的靠近。

阿卡也沒想到，居然會有這麼多人。

目測至少有數十萬。

從機械之城革命那天開始，想必有不少人類逃出了鋼鐵國度的牢籠，他們各走不同的道路，散向大陸的四面八方。阿卡以為他們翻過高原，抄近道已經算是快的了，不料卻還有這麼多人，沒有歸宿，無處安置。

「放我們進去！」人類聚集在鐵絲網前高喊道。

後面是清一色的反抗軍武裝部隊，手持武器朝向平原上的逃亡者群體。

阿卡遠遠地看著，一臉茫然。

「怎麼辦？」阿卡問。

黑石聳肩，漫不經心地模樣，掃視整個平原。

飛洛道：「別急，我去交涉看看。」

飛洛帶著小女孩與阿卡等人來到鐵絲網前，鐵絲網後的反抗軍馬上用槍支指著他們，警惕地問：「什麼人？」

明晃晃的燈光照過來，落在眾人臉上，飛洛以手指梳理髒兮兮的頭髮，露出額頭與靛藍色的雙眼。

「自己人。」飛洛說，「七號部隊的。」

「七號部隊已經解散了！」對方說道，「機械之城裡的弟兄都死了！」

飛洛沉默了一會兒，四周湊過來不少武裝士兵，推高了頭盔，各自露出靛藍色的雙眼，全是生化人。

「有人類嗎？」阿卡問道，「我有幾句話想說，我們都是從機械之城裡逃出來的。」

一名生化人士兵答道：「這裡所有人都是機械之城的逃難者，不稀奇，在外面等吧。」繼而以槍口指指飛洛，「你，是我們的人，可以進來。」

飛洛朝阿卡與黑石說：「在這裡等我一會兒。安，走，我們先進去。」

鐵絲網的小門打開一條縫，飛洛讓安先進去，安有點害怕，轉頭看著他們。

黑石竟然一反平常的冷漠，說出了安慰的話。

「去吧，妳會安全的。」

這個舉動激起了不少人的不滿，紛紛叫嚷起來。飛洛鑽進鐵絲網內，朝阿卡點頭，要他放心，隨後帶著安走進夜色之中。阿卡被背後的人擠得實在受不了，轉身想找個空位坐下，卻邁不開腳步，最後被黑石揪著衣領，提了出來。

數人在一處空地上坐著，鐵絲網高處的氙燈照得夜晚如同白晝。塔普等人還留在阿卡身邊。

塔普不屑地說：「那個生化人不會放我們進去的。」

「我相信他會。」阿卡心裡還想了另一句，但沒有說出來。他覺得飛洛會救他與黑石，可不一定會救這些暫時的人類同伴。

畢竟，塔普等人最初想殺了飛洛。

遠方傳來古代野獸的吼叫，夜幕下的平原深處，彷彿埋藏著不為人知的危險。長夜到來，天空閃爍著璀璨的星河，平原陷入沉睡。

阿卡從睡夢中驚醒，四處看著。

「跟我來。」一名生化人壓低了聲音對他說道，「別驚動其他人。」

「黑石呢？」阿卡問道。

那生化人茫然道：「誰？」

「黑石！」阿卡發現黑石不在自己的身邊，這是從離開機械之城以後，黑石第一次離開他，阿卡頓時緊張起來，喊道，「黑石！」

「噓……」那生化人馬上捂住阿卡的嘴，小聲道，「別驚動其餘人，跟我走！」

「我的朋友……」

「這是飛洛中校的命令！有什麼話，等你見到中校再對他說！」

阿卡停止了掙扎，迷迷糊糊地被帶到鐵絲網前，鐵絲網打開一條縫，讓他進去，生化人朝守衛點頭道：「就是他。」

生化人把阿卡帶到一座庫房前，阿卡不由得警覺起來，生化人又說：「待會兒飛洛會在外面等你，進去吧。」

阿卡硬著頭皮走進庫房，卻發現那是個由倉庫改裝的浴室，這時他終於清醒過來了，暗道原來是讓他洗澡。奔波許久，身上癢得相當難受，一身都是泥，總算能好好洗洗了。

阿卡擰開熱水，室內充滿了蒸氣。熱水淋上來時，阿卡從頭到腳都有一股舒暢感。霧濛濛的浴室裡，他看到了一個身影。

「黑石？」阿卡欣喜道。

黑石站在一側，解下自己的衣服，開始洗澡，他轉頭打量阿卡，阿卡被他盯得渾身不自在，朝一旁讓了讓。黑石的裸體他見過好幾次，已見怪不怪，但自己全身赤裸地被黑石打量，實屬第一次。

阿卡的頭髮濕漉漉的，不時有水滴落，朝黑石笑道：「太好了，我還以為你──」

黑石面對阿卡，注視著他，突然道：「一路上，謝謝你的照顧。」

阿卡聽到這句話時有點意外，笑道：「是你在保護我……」

隨即黑石伸出一隻手，把阿卡抱進了懷裡。

猛的一瞬間，阿卡的心臟劇烈地跳了起來，浴室內蒸氣氤氳，他貼在黑石健壯赤裸的胸膛前，感受到他火熱的身軀，與胸膛下有力的心臟跳動。

「你……」阿卡忽然有種不祥的預感。

黑石只是簡短地這麼一抱，便即分開，把一手覆在阿卡的耳畔，看著他的雙眼。

「謝謝你。」黑石的雙目深邃，猶如埋藏在地底千萬年的黑曜石，閃爍著迷人的光芒，「以後照顧好自己。」

「黑石？」阿卡問道。

黑石抹去臉上的水，轉身擦乾身軀，穿上衣服離開。

「黑石！」阿卡匆忙穿上衣服，追了出去。

只見黑石已穿上了生化人的軍服，走得很快，在那一刻，阿卡隱約察覺到了什麼。

「等等！」阿卡焦急地追著，朝人多的地方走，那裡站著飛洛。

「快！上船了！」飛洛等在碼頭另一邊，碼頭前有不少人正在排隊，四周一片寂靜，碼頭上打著刺眼的白燈，不少人回頭看，他們的交談在寂靜的夜裡顯得尤其明顯。

「跟阿卡告別完了？」飛洛問道。

黑石點點頭，兩人間的默契馬上證實了阿卡的許多猜測，阿卡道：「你要留下？」

飛洛解釋道：「他還有事要辦，讓我送你先走。到這裡來……別說話……」

「他要做什麼？」阿卡難以置信道。

飛洛沒有回答，帶著阿卡穿過人群，飛洛的表情明顯複雜而不安，阿卡問道：「因為只有一個人能被送走，所以他自願……」

「沒有！沒有！」飛洛忙回答道，「阿卡，不要再問了，相信我，黑石他只是……」

阿卡無論如何都放不下心，答道：「我把他從海裡救出來，怎麼能在現在扔下他？我必須和他一起走，否則我也不走！」

正說話時，黑石終於忍不住了，問道：「你這麼關心我做什麼？」

阿卡剛才還為黑石的表現有點感動，現在一聽這話，完全不想管他了。

「哼，你管我。」阿卡沒好氣道，「算了，隨便你吧，你愛留就留。」

飛洛聞言，笑了起來。

黑石頓了一頓後，向阿卡道：「我有些事要去處理，有緣再會。」

阿卡的心又提了起來，他看著黑石，想從他的表情上辨認出他是否在說謊。遠處的渡輪響起汽笛聲，打破了三人之間的尷尬，飛洛忙道：「上船了。來，派西！」

飛洛帶著一個小男生過來，夜色中阿卡看不清那孩子的容貌，只知道他比自己還小一點。

「這是派西。派西，這是阿卡。」飛洛為雙方介紹，解釋道，「阿卡，派西就拜託你了，到了鳳凰城後，請你把他交給人類的遺孤收容所。」

突然被託付一個小孩，令阿卡有些疑惑，但既然飛洛都這麼說了，他便牽起派西的手。

飛洛帶著他們從偏僻處登船，阿卡從船舷朝外望去，看見黑石在碼頭的聚光燈下孤身站著。

「我們不會再見面了嗎？」阿卡忽然問道。

黑石抬頭，看了阿卡一眼，沉默地轉身離開。

這傢伙……阿卡心裡五味雜陳，卻不知該說什麼。短暫的沉默後，他從口袋裡掏出一塊晶片，那是他們一起逃出機械之城時，地底被幽禁的老博士交給阿卡的。他曾經囑咐阿卡，讓他把這塊晶片帶到反抗軍陣營內，交給李布林將軍。

然而革命已然失敗，這塊晶片他也不知道交給誰，或許晶片本身，能給黑石做個紀念，也或許黑石能解讀出晶片的內容，交給應該給的人手裡。

「幫我交給黑石。」阿卡如是說，「留個紀念。」

飛洛點點頭，接過收好，朝阿卡道：「好好照顧自己。」

阿卡拉著那少年的手，到了船艙下層，這裡有不少逃難的人類，全都擠在一起。飛洛帶他們到一堆箱子後，讓他們坐好，接著單膝跪地，朝派西道：「派西，爸爸走了。」

「……」阿卡瞪大了眼，不敢置信。

竟然要把自己的小孩送到遺孤收容所?!

派西伸出手，抱著飛洛的脖子，看起來十分依戀。許久後，飛洛嘆了口氣，掰開派西的手，又囑咐道：「聽阿卡哥哥的話，等事情一忙完，爸爸就到鳳凰城去找你。」

聽到這話，阿卡才稍微放下了心，朝飛洛問道：「黑石也會來吧？」

飛洛點點頭，「會的，一路順風。」

道別後，飛洛便離開了船艙。

大船起航，載著滿船的人類移民駛離中央大陸，前往海外未知的島嶼。

月光下，阿卡仍在擔心黑石，從他出現在自己面前的第一天，就彷彿隱藏著某種不為人知的祕密。船外只有起伏的海浪聲，安靜的月光灑在一望無際的海面上，照著阿卡與孤獨的派西，所有人都熟睡了。就在這時，派西輕輕地牽著阿卡的手，晃了晃。

「黑石是你的好朋友嗎？」派西低聲道。

「戰友。」阿卡朝派西解釋道，「我們並肩作戰，從機械之城裡逃了出來。」

派西點了點頭，雙手摸索著自己隨身的包包，阿卡道：「我來吧，你要找什麼？」

阿卡幫派西翻找他的包包，翻出一把小匕首，一塊巧克力，一個可攜式淨水器，以及一個發報機，裡面還有一張派西與飛洛的照片——兩人並肩站在陽光下，背景一片荒蕪。

Chapter.06
遠古之心

少年挑出一塊巧克力，又摸著阿卡的手，把巧克力放在他的掌心裡。

「這個給你。」派西朝阿卡說，「很好吃，是飛洛給我的。」

阿卡這才詫異地發現，派西是一個盲人。

「你是飛洛的兒子嗎？」阿卡問。

「養子。」派西說，「我親生父母都死了，飛洛領養了我。」

「你跟著他很久了？」阿卡問。

「兩年。」派西說，「謝謝你救了我爸爸。聽到總部傳來革命失敗的消息以後，我一直以為他死了，沒想到他還活著……他回來的時候我高興得說不出話來……我也……不知道該怎麼報答你……謝謝你，阿卡……我……剛剛上船就想對你說……我感覺你和朋友分開了……心情不太好……」

阿卡沒想到，自己的無意之舉竟然給了這個處在生化人軍團中的人類孤兒一絲希望。

「不客氣。」阿卡笑了起來，把派西摟進懷裡，那一刻他幾乎可以感覺到，派西的心情洋溢著無限的希望與美好，這種熾烈的熱情甚至影響了他，令他從迷茫與困惑中走了出來。

月光變得如此寧靜與浪漫，兩個少年依偎在船艙中，阿卡疲憊地閉上了雙眼，安靜地睡著了。

一月十五日，瑪莎鎮附近陷入風暴中，海水湧入陸地，所有在平原上等候救援的人類撤往山中。一場風暴過後，不知道有多少缺少食物、淡水與醫藥的人將死去。

在黑暗的暴雨中，一隊人正徒步走在充滿泥濘的山路上。黑石穿著罩帽風衣，位於隊伍前端，他站在山峰上，朝遠處望去。茫茫大海望不見彼岸，只有雷電令天地相接於一處。

「黑石！」飛洛喊道。

黑石躍下來，跟著飛洛一行人深一腳淺一腳地向前走，飛洛在他耳畔大聲說：「沒有問題的！」

黑石搖了搖頭，嘴唇動了動，風聲與雷霆蓋過了所有人的交談，飛洛又湊近道：「我說！他們一定能安全抵達！」

「我不擔心船！」黑石朝飛洛大聲道，「我怕他們到了新大陸以後，沒辦法生活！」

「可以的！」飛洛笑道，「我的朋友會照顧他們！阿卡和派西都會過得很好！」

黑石點了點頭，前面另一名生化人軍官回頭，不悅道：「飛洛中校！你確定是這個地方？」

飛洛大聲道：「馬上就到了！再堅持一下！」

狂風幾乎大得要將這隊人從懸崖上吹下去，前面已經沒有路了，飛洛退後幾步，吼道：「展開滑翔翼！」

狂風暴雨，一旦展開滑翔翼，勢必將被風吹下山崖，粉身碎骨。然而飛洛帶頭躍出了懸崖，呼啦一聲展開了滑翔翼。黑石在那短短的瞬間先是一窒，繼而躬身，閉眼，向黑暗裡一彈跳。

頃刻間，耳畔的暴風短暫一停，滑翔翼抖開，在寂夜中，遙遙飛向懸崖對面。

這裡竟是無風區。

黑石睜開雙眼，看見飛洛在懸崖對面點起了螢光燈，那裡有個完全凌空的山洞。

五名特種兵保護著黑石，飛向對面的山洞。

再次踏上堅實的地面時，黑石才鬆了口氣，收起滑翔翼。

這個山洞通往幽暗的遠處，似乎廢棄了許多年，門外有兩名守衛，見到飛洛，便朝他行禮。

飛洛告訴黑石：「到了，就是這裡。」

「遠古之心。」黑石站在一扇門前，抬頭注視著門上奇異的字元，門的中央還有一大塊發著光的寶石。

「根據反抗軍聯盟在此地的調查，」飛洛說，「這是一個將近五萬年前的歷史古跡，整個星盤大陸上，再沒有文明遺址比這更早的了。而就在三千年前，這個遺跡還被短暫地開啟過，我們的人嘗試過進行爆破，但是門的材質……」

說到這裡，四周靜了下來。

所有人都注意到了異常——門上有個小洞，洞內透出了光芒。

「上次來的時候還沒有這個洞，長官。」一名生化人道。

「我……我不知道。」其中一名駐守的衛兵道，「我們調來這裡的時候，門上就已經有這個洞了。」

黑石問道：「你們是什麼時候調來的？」

「三個月前。」衛兵道。

「這不對。」飛洛喃喃道，「誰會在這裡打穿了大門？這麼小的通道有什麼用？」

飛洛霎時間難以置信地看了黑石一眼。

「是機械生命體。」黑石也猜測到了，「一定是在我們之前，已經有機器人來過這裡了。」

飛洛道：「這不可能！誰能在衛兵看守的情況下，用雷射打穿……」

黑石極緩慢地搖頭，示意飛洛不要再說下去，飛洛看了兩旁的衛兵一眼，會意後閉上嘴。

黑石把手按在那塊寶石上，大門轟然作響，繼而往兩側緩緩打開。

生化人士兵各自警惕起來，紛紛抽出武器，守在門的兩側。隨著大門開啟，內部射出一道璀璨奪目的光芒，在門後的虛空之中，竟然是一個極其巨大的星盤，在散發著微光。

「這是什麼地方……」飛洛喃喃道。

「遠古之心，造物主的實驗室。」黑石的聲音在大廳內迴盪，「沒有危險，都進來吧。」

士兵們走進大廳，黑石與飛洛仰頭看，中央的星盤大陸就像一座巨大的浮空島嶼模型。

飛洛問：「為什麼這麼大？」

「因為造物主的體型，」黑石道，「他們都是來自虛空之中的巨人。」

飛洛看了黑石一眼，帶著疑惑與震驚，旋即向他的手下們吩咐道：「請為黑石保守祕密。」

士兵們紛紛點頭，守在大廳內。

黑石沿著巨大的臺階走上高臺，找到了一顆巨大的控制石，這裡的所有設施都比人類慣常見到的要大了十倍。飛洛跟在黑石身後，問道：「你為什麼會知道這個地方？」

「『父』告訴我的。」黑石答道。

這句話令飛洛警惕起來，黑石又道：「放心，它看上去不太喜歡我。」

飛洛皺眉不語，黑石身上有著太多的未知之謎。這個男人自從出現開始，就行事隱祕，大多數時間不發一語，沒有人看得透他。

黑石注視著控制球，將手放在球上，星盤大陸的模型一瞬間亮了起來，光束交織，投射出生物形態的虛影。

「造物主在五萬年前創造了星盤大陸。」黑石朝飛洛解釋道，「留下了這個實驗室，這些是他們曾經構思過的生物模型。」

無數種類的生物，從細胞生物到昆蟲，再到哺乳動物，逐一呈現在光芒之中。

飛洛安靜地看著，面前所發生的事，超出了他對這個世界的所有認知。

「星盤大陸上的生物……」飛洛道，「我記得是自然孕育的。」

「在你們知識體系內是這麼說。」黑石道，「但實際上並不是，人類的古代知識上記載，是人創造了生化人……可是你看——」

黑石抬起頭，眉眼一揚，全息立體投影上出現了一個人類的細胞結構圖。

「老天！」飛洛喃喃道，「這是……」

「第一個複製體。」黑石答道，「這是造物主們嘗試過使用的技術，以複製的方式來孕育更多生命，後來不知道為什麼，他們放棄了這個打算。還有這個……」

隨著黑石的聲音，立體投影上出現了無數數列矩陣，飛洛蹙眉道：「這個是什麼？」

黑石看了飛洛一眼，一個想法閃過飛洛腦中，「難道這是機械生命體的……」

「對，靈魂矩陣。」黑石點點頭，回答道，「按照這種方式編寫代碼，機械生命體就具有自己的靈魂。」

飛洛瞬間轉身，抓著黑石的衣領打量他，問道：「你是怎麼知道這些的！告訴我！」

黑石推開飛洛，低聲道：「別激動，後面還有。」

畫面逐一呈現，黑石操控光球，認真道：「我從『父』的資料庫中得到了這些資訊，與你們所知的情況並不一致。造物主在製造了人類後，封存了這座實驗室。而在三千年前，數位人類冒險者發現了它，並從實驗室裡盜走了靈魂矩陣技術，以及複製生命的方式。

「接下來，生化人文明一度興盛，為了讓冰冷的機器具備情感與思考能力，其中的一位冒險家不顧同伴阻撓，編寫了靈魂矩陣，再接下來，就是……」

飛洛的聲音發著抖，喃喃道：「機械革命。」

「你們的世界從此改變。」黑石答道，「但其中一位冒險家，被後世稱作新神之一，代號『雷霆』的小組成員，發現了造物主留下的一個緊急應變機制。現在我要找到這個應變機制。」

「可以讓反抗軍聯盟取得最終勝利？」飛洛道，「我們會用一切力量來協助你。」

黑石低聲道：「但裡面的關鍵資訊，已經被『父』取走了，我不知道它是怎麼找到這個地方的……這裡是你們生化人的陣營。」

飛洛沉默良久，才解釋：「小型機械生命體無法攜帶高能量的雷射光束，尤其是能打通大門的，我猜大概是我們的陣營裡出了奸細。先前革命的失敗，也與此有關。」

黑石問道：「你覺得誰最有可能與『父』勾結？」

飛洛搖搖頭，「知道這個地方的，只有極少數軍隊的高層，包括我在內，不超過七個。」

「那麼，一定就是這七人之一。最近還有誰來過這裡？」

飛洛看了一眼部下，其中一人答道：「麥克西將軍來過。當時看守這裡的，是另外兩名弟兄。」

飛洛的眉頭皺起：「黑石，先不管是誰偷走了資訊，現在如果找到被竊走的資訊，對你有什麼幫助？」

黑石搖了搖頭，說：「這是我與生俱來的使命，至關重要，有一段代碼，可以徹底停止『父』的運行……」

「可是『父』的中樞，是與整個星盤的核心連接在一起的。」飛洛蹙眉道。

「是的。」黑石點頭道，「所以重啟『父』，等於重啟整個星盤。」

剎那間，所有人因黑石的話震驚得啞口無言。

「重啟整個星盤，會發生什麼事？」飛洛難以置信道。

「世界會發生許多變化，但……我忘了……我忘了許多內情，時間太長了，沉睡的時間也太久了……」

黑石瞇起眼，竭力搖頭，彷彿要將一段記憶驅逐出自己的腦海，又想將那稍縱即逝的念頭捕捉住。他們怔怔看著光影變幻的立體投影，看著星盤大陸上發出的絢麗光芒，然而無論黑石怎麼努力，都難以想起那段已被清除的記憶。

「我想不起來……」黑石喃喃道，額上滿是冷汗。

飛洛知道此事至關重要，低聲道：「不要著急，黑石。仔細想想，有什麼事情是與這些事有聯繫的？」

「我的第一個記憶，就是見到阿卡。」黑石瞇起眼道，「那時是在海岸上，阿卡救了我……」

直到此刻，飛洛才知道黑石與阿卡的關係。

「他會不會知道有關你身世的事？」飛洛擔心地問道。

「可能性很小。」黑石說，「唯一的線索，就是……我在深海中沉睡了三千年。」

此刻的阿卡倚在船艙裡，在海浪聲中又想起救了黑石的那一天，還有他們在浴室時黑石所說的話。

「你在想什麼，阿卡？」派西輕輕地問，「在想你的朋友嗎？」

「嗯，認識他的時候，也是在海上。」阿卡說，「你睡醒了？要喝點水嗎？」

「謝謝，我可以自己來。」派西摸索著打開水壺，喝了一口。

派西只有十二歲，先天失明，據他所言，有天機械軍團想抓走並殺死他們村裡的所有人，村民們奮起抵抗，最後仍是遭到了大屠殺。正在交戰時，飛洛率領的分隊趕到，在廢墟裡發現他，並帶走了他。

派西非常懂事，不吵不鬧，也非常會揣摩他人的想法，有這麼一個體貼乖巧的同伴，無疑是很幸福的。航路遙遠而漫長，每天生化人會下來分發兩次食物與飲水，在固定時間內，可以輪流到甲板上去呼吸新鮮空氣，其餘時間都要擠在船艙下層，度過整整兩個月的航程。

根據船艙內的同胞交談，阿卡得知這些人都是具有特殊才能的大人，小孩則是失去父母的孤兒。他們有的通曉設計，有的熟稔生產，有的會烹飪，有的則是藝術家。船艙內的生活相對來說相當愉快，一名吟遊詩人會給小孩子們彈豎琴，而根據他所說，早在機械之城發生革命前，有不少人就在大陸上遊歷了很久。

同胞們的見聞為阿卡打開了一扇全新的大門。他逐漸知道，原來機械之城不是世界的全部，而一直以來，人類與生化人都在想方設法地摧毀這座影響著整個星盤世界、令大陸民不聊生的惡魔之國。

「『父』的政權就要倒了。」一名男子朝眾人道，「這是歷史發展的必經之路，沒有創造之力的機械體，永遠不能被稱之為智慧生物……」

阿卡第一次聽見這些言論，相當好奇，並饒有趣味地聽著，但其餘的聽眾們紛紛表示厭倦。

有小孩子道：「革命宣言我都聽過一百次了。」

「我也聽了兩百次了，」另一個孩子說，「我想聽摩蘭大叔講歷史故事。」

這名有棕色卷髮、一雙碧綠色雙眼的吟遊詩人雖然已經不年輕，卻和藹親切，是船上小孩子們最喜歡的人。他笑了起來，撥弄兩下琴弦，發出清脆的聲響，少年們紛紛鼓掌，詩人便唱起了一曲悠揚婉轉的歷史之歌。

「在那遙遠的星辰深處，造物主開啟他的星盤……」

歌曲中講述了星盤世界的上萬年變遷。阿卡將他從前所知的資訊與這吟遊詩人講述的故事相結合，逐漸明白了更多——傳說中造物主在宇宙的深處遺棄了他的命運之盤，過往的傳說將它稱之為「星盤」，也就是造物主用來實驗、培養無數生物的世界。

神在星盤深處留下了星辰之間，觀察星盤的發展與運行的軌跡。這個世界就像無數個大大小小的齒輪組合，在海洋所掩蓋的大陸棚底部，齒輪彼此嵌合，令大陸緩慢地轉動。

整個世界猶如一座巨大的鐘擺內部，所有大陸與島嶼，都鑲嵌在它的基石上，而這塊基石，就叫做「星盤」。在遠古時代，星盤物產豐饒，沒有戰爭，也沒有殺戮，人類與其餘種族和平共處。

最終造物主因人類不明白的原因，離開了祂親手創造的世界，遺棄了這塊神的國度。而當機械政權崛起後，除了占地面積最大、幅員最為遼闊的第三大陸，以「父」為新的人造之神外，其餘大大小小的大陸開始向造物主禱祝，並祈求祂的回歸。

然則這只是一個信仰，阿卡從那位見聞廣博的吟遊詩人身上又瞭解到了關於信仰的詳細內容。他很喜歡聽這個詩人說故事，詩人也特別青睞他與派西。

「你雖然看不見世界，」摩蘭以手指撫過派西的雙眼，認真道，「但你的心靈擁有一雙眼睛，時刻追逐著光明。」

「謝謝。」派西笑了起來。

阿卡道：「摩蘭大叔，你說，信奉造物主只是一種信仰，那什麼是信仰？」

摩蘭朝阿卡與派西解釋道：「信仰因人而異，它是支撐一個人行動的力量，在信仰的光芒下，死亡與恐懼帶來的陰影會隨之消散……」

「摩蘭老師。」一名年輕人饒富趣味地說，「我可不認為信星神就能得救，你沒看多少人捨生忘死，卻都是無神論者？」

阿卡不明所以，朝那年輕人看了一眼。他知道這艘船上有許多和他年紀差不多的少年，全都摩拳擦掌，準備到了第二大陸之後，用雙手開拓一片新天地。

詩人笑了笑，答道：「信仰並非神明崇拜，你提及的那些人是自己的信仰，也有人相信神明的存在，其中的核心就是相信自己內心的道德指引。年輕人，等你們長大了，都會漸漸明白的。」

船艙內的少年們不再與摩蘭爭論，但看得出他們並不完全贊同他。

阿卡也不再發問，只是把這些話記在心裡。他很喜歡這個環境，雖然每天總是在等候，也不知道確切的靠岸的時間，但整座船艙就像個巨大的課堂，每個人都有自己的見聞。從這些見聞裡，阿卡學到了很多。

某天夜晚，這艘船遇上了暴風雨，雷霆在海洋的上空肆虐，巨大的船隻在深海上猶如一片樹葉般渺小。大量的海水從舷艙的窗戶潑了進來，人們關上窗，恐懼不斷蔓延。

船隻的劇烈搖晃令許多人不適，絕望、痛苦……在恐慌的情緒下，那名叫摩蘭的詩人跪在船艙中央，喃喃祈禱。

「創造一切的星辰之神，祢的光芒指引著這塊大陸的命運……懇請祢將眷顧之手施加於我等，將我等帶到充滿光芒的彼岸……」

他的聲音傳遍整個船艙，人們漸漸鎮定下來，繼而越來越多的人跪在地上，跟著他一同祈禱。

雷聲漸小，閃電依舊肆虐，卻不再有摧毀一切的威力。

阿卡注視著這一幕，發現摩蘭的禱詞中彷彿有著安撫人心的力量。在他的祈禱下，雨勢漸小，所有人漸漸入睡，不再懼怕外面的風雨。

然而雷電頻閃，阿卡在夢裡感覺到了什麼——那是一種靈魂的變化。在閃電雷鳴之中，他彷彿看清了世界的本質；在雷電下，海水被分解為分子、原子與電子；在黑暗天幕中，無數的氣體分子互相碰撞、分離。

他彷彿擁有一雙由靈魂幻化而出的雙眼，看見了周圍的環境，船隻的結構，帆的紋路，甚至木桶上的榫釘……派西在他身邊沉睡，他看到了派西包包裡那個具有複雜結構的淨水器，無數精密的儀器彼此嵌合……

他看見了世間一切的原理，又一道閃電劈下，阿卡猛然驚醒，周圍的景色恢復原狀，在漆黑的船艙中，一盞散發著白光的燈在風暴中輕輕搖晃。

摩蘭還沒有睡，抬起頭，帶著詢問的眼色看著阿卡。阿卡滿頭冷汗，搖了搖頭。

「你看見了什麼？」摩蘭過來，一手覆上阿卡的額頭。

「我……」阿卡喃喃道，「我做了一個夢。」

「夢境是人類的雙眼，看見世界，也看見自我。」摩蘭微笑道，「睡吧，孩子。」

阿卡的呼吸平息，再度沉沉睡去。

第二天，甲板上響起了激動的叫喊，船艙內的逃難者紛紛湧上甲板。阿卡隨著人潮上去，看見了遠方的陸地。這趟旅途終於到了盡頭，每個人都在歡呼、流淚。

「那是卡羅依克。」摩蘭說，「第二大陸的海港城市，離鳳凰城還很遠呢。」

遠方傳來祥和的鐘聲，阿卡笑了起來。朝陽下，一座充滿生命力的海港城市出現在地平線上。

「有很多海鷗。」阿卡把派西牽到船舷邊，朝他描述道，「陽光下面，房子都是白色的，很美好，非常美好……」

派西閉著眼，感受著來自西方的微風，點頭道：「嗯！」

Chapter.07
鳳凰之城

船隻靠岸，這裡的生化人軍隊已不像東方大陸一般戒備森嚴，旅途中的朋友們下船後紛紛道別。

這是一個全新的世界，光是海港城市就讓阿卡轉暈了頭，幸虧他始終緊緊牽著派西的手，以防走丟。這個地方給了他太多驚喜，導致他發現從前所聽說的消息大多是錯誤的。他們說第二大陸是生化人的家園，其實並不是——這裡的人類比生化人多，他們沿街開張做生意、賣蛋糕、賣機械產品，甚至有鍊金製品。

阿卡沿著海港一路走，直到午後，才走了小半個卡羅依克。這裡在古代是黃金貿易集中的港口，也被這片大陸的人稱作黃金之港。人們安居樂業，生活富足。

「走開點！」水果攤的老闆粗暴地喝道，「你們這些外地人！」

阿卡被吼過後，瑟縮了些，他對一切都充滿了好奇，又生怕違反這裡的規則。

派西看不見，擔憂地問道：「哥哥，怎麼了？」

「沒事。」阿卡本來是想問問老闆，能不能送一個水果給派西吃。但看來沒有貨幣，在這片大陸上寸步難行。

要先賺到錢才好生活下去。雖然賺錢很難，阿卡卻有十足的信心。他向過路人打聽鳳凰城的方向，打算先完成飛洛派給他的使命，把派西送到鳳凰城去，再想辦法謀生。

然而他們沒有旅費，眼見天色漸暗，阿卡開始著急了。還是先在這裡找份工作，賺到錢後再帶派西上路？他在一家鐘表店外看了一會兒，正想上前打聽時，忽然看到一個熟悉的身影。

吟遊詩人摩蘭正從街道對面的一棟建築物內走出來，身後跟隨著許多人。

「怎麼啦？」派西問道。

阿卡道：「我看到吟遊詩人大叔了，他好像……」

派西興奮地大喊道：「摩蘭大叔！」

阿卡忙把食指按在派西的唇上，想讓他別喊，但摩蘭已經聽見了，轉頭看見他們。

「這不是派西嗎？」摩蘭笑了笑，說，「你們在這裡做什麼？」

派西道：「哥哥在找工作，想換點吃的，你呢？」

摩蘭身邊跟著許多人，其中居然還有生化人，這讓阿卡相當驚訝。他不像派西一樣什麼都不知道，隱約猜到了摩蘭的來頭不小。畢竟在船上也交流過，摩蘭想起他們的目的地是鳳凰城，猜測這兩名少年身上應該也沒有錢，便朝身邊的隨從吩咐了幾句話。

「是的，大人。」

隨從馬上從襯衣口袋內掏出一疊薄薄的金色卡片。這是這個大陸上通用的錢幣，阿卡先前看見居民們用銅質卡片、銀質卡片來交換物質。

摩蘭把卡片交給阿卡，阿卡明白了他的意思，說：「這……不行，我不能收。」

「借給你們的。」摩蘭笑道，「很遺憾，我即將啟程去龍喉城，否則可以順路帶你們一程。」

阿卡道：「以後可以到龍喉城去找你嗎？我會還你這些錢的！」

摩蘭笑了起來，點點頭說：「當然。」他想了想，又翻開自己的旅行日記本，取出其中的一根書籤，交給阿卡，說，「如果有機會，到龍喉城來，在星辰之堡可以找到我。」

「大人，」隨從提醒道，「天色不早了。」

摩蘭點了點頭，與阿卡、派西告別，溫柔地親吻了派西的額頭，隨後轉身離開。

得到了路費，阿卡鬆了口氣，與派西搭上前往鳳凰城的蒸氣車。他對所有事物都好奇無比，並不厭其煩地敘述給派西聽。一個少年帶著另一個半大的少年，就像兩個小笨蛋一樣，在路上得到不少好心人的幫助，終於磕磕絆絆地到了鳳凰城。

走出鳳凰城的蒸氣車站時，阿卡終於有種回到家的感覺。儘管鳳凰城不像船上的旅伴們描述的那樣是人類安居樂業的天堂，反而還很髒。

這是一座大型的工業都市，機械車輛在街道上來來去去，而房屋染著工業污染帶來的暗黃色，蒸氣、黑煙沖天而起，噪音充斥著周圍。然而一切都如此具備生機，忙碌穿梭的人類，彷彿在迎接著他們的到來。

「別擋著路！」有人粗暴地喊道。

「這麼凶做什麼？」月臺管理員怒道，「沒見那小孩是盲人嗎？」

阿卡忙道：「對不起對不起。」

旅途上總有人發現派西是盲人，不管是善意還是惡意，每次被問起，阿卡總是覺得有點難過，有點愧疚，生怕派西會受傷。

然而派西卻相當樂觀，笑道：「對不起，初來乍到。」

阿卡牽著派西的手，暈頭轉向的，只知道跟著人群走。這幾天他總是很想念黑石，心道要是黑石在就好了。他面對未知的世界充滿茫然，也隱約有點不安，生怕自己保護不了派西。

如果黑石在身邊，他至少會安心點。

「哥哥，我們現在要去哪裡？」派西問。

阿卡想到飛洛的囑咐，要把派西送到人類遺孤收容所去，一時間有點不捨。

「先去收容所看看吧。」阿卡說。

摩蘭給的旅費已經被阿卡差不多花完了，一路上他總是買東西給派西吃，兩個人從前受了太多的苦，什麼都想吃，並沒有考慮到以後的問題。當阿卡意識到錢的難處時，身上已經所剩無幾。

臨近傍晚，陽光透過烏雲灑下稀薄的餘暉，充斥全城的機器聲漸漸小了下來。

阿卡買了一張地圖仔細研究，才知道城市裡分為人類區與生化人區，這兩個區域分為東西城。他們邊問路邊看地圖，終於到了人類遺孤辦公室，但那裡已經下班了，大門緊閉。

一名工作人員出來，聽了阿卡的解釋後指路道：「收容所在內環城裡，你們晚上可以先在那裡休息，明天再來補辦手續就好。」

阿卡問：「需要費用嗎？」

工作人員搖頭道：「不需要。沿著主幹道一直走就會到了，你們可能需要搭車，否則在天黑前到不了收容所。」

派西雖然看不到對方，但聽對方的口氣很和善，便笑著說：「謝謝您。」

阿卡點頭，牽著派西的手離開。他們沿著一條灌滿污水的河流走著，或許因為離別在即，阿卡的心情很低落，沉默不語。

派西忽然問道：「哥哥，這附近有什麼啊？」

阿卡轉頭看看，地面上充斥著工業廢水與生活垃圾，他想了想，朝派西描述道：「嗯，這是一個很不錯的城市……具體來說……」

阿卡把他們的新家描述得很美好，心裡卻嘆了口氣。他帶著派西走進內環城，尋找收容所。直到天黑，他們才走到一座廢棄工廠外，門口掛著生鏽的牌子，上面寫著「人類遺孤收容所」，外面還圍著一層鐵絲網。

「進來吧！」聽了阿卡的話後，守門人便打開鐵絲網外的門，同時，一輛卡車載著大量的煤渣駛入收容所隔壁的提煉區。

這座收容所給阿卡的感覺就像監獄一般，但他沒有跟派西說，只是解釋道：「我們今天暫時在這裡睡一晚。」

派西點了點頭，兩人被分了號碼牌，甚至沒有受到任何盤問，便住了下來。走廊裡的小孩子們正在領晚飯，一個女人朝阿卡道：「你已經超過十六歲了，不能再住在這裡。」

「我知道。」阿卡說，「明天一早我就會離開。」

女人把阿卡與派西帶到一個房間裡，說：「晚上九點後，房門會鎖上。」

阿卡四處看了看，房間沒有住滿，頭頂只有一盞燈，房內有四張雙層床，另外兩張似乎都有人睡，但此刻人都不在，他便把派西牽到空著的床邊，讓他坐下來休息。

過了一會兒，另外兩張床的小孩回來了，都是十幾歲，其中一個的體型比阿卡還高了些，他們看了兩人一眼。

最高的那個孩子問：「你們從哪來的？」

阿卡笑了笑，說：「我們是從機械之城來的，這是我弟弟。」

派西道：「你好。」

大個頭少年會意，點頭道：「原來是東邊來的難民。」說畢，也不打算繼續聊天，上床去躺著了。

看得出另一名孩子非常怕這個高個子，兩人之間不交談，另一個孩子也不敢隨便跟阿卡他們說話，阿卡的心情更加沉重了。

他出去幫派西領食物，看了一眼，見收容所的晚飯是一種灰色的混合米糊。他聞了聞，聞得出是燕麥、小麥以及幾種粗糧煮成的，便不幫派西領了，吃他們買的零食還好一些。

九點一到，整座收容所的燈都熄了。窗外下起小雨，蒼白的街燈從窗戶微微透入，外頭偶爾響起大型卡車駛過的轟鳴聲，另外兩個孩子躺在床上，半點動靜也沒有。

阿卡在窗邊看了一會兒，心底升起一股茫然不安的感覺。

冬天的夜晚很冷很冷，然而比起寒冷，心底的孤獨更令阿卡難以忍受。他鑽進冰冷的被窩，抱著派西，希望能讓他溫暖一點。直到現在，他還沒辦法完全接受自己回到人類社會的現實——畢竟這和他想像中的新生活差太遠了。

派西拿出一個小的機械設備，用手不停地輕按發報鍵。阿卡知道這是一個發報機，小聲問道：「你要傳訊息給誰？」

「爸爸。」派西小聲答道，「告訴他我們已經安頓下來了。發報機能用密碼把我們的話發給每一座城市的反抗軍中轉中心，由他們聯繫他。」

阿卡有點詫異，派西居然記得這麼複雜的訊號，看來也很聰明。不久後，綠燈閃爍，那邊回了一連串消息，派西笑了起來。

「聯繫上了。」派西說。

「問問黑石在不在。」阿卡道。

他沒有抱太大的期望，然而黑石對於現在的他來說，是唯一的朋友，或許也可以算得上是關心的人。派西發出消息，收到回覆後道：「在，黑石和我爸爸在一起。」

這算是個意料之外的好消息，阿卡問：「他有說什麼嗎？」

「叫我們好好照顧自己。」派西朝阿卡說，「他聽說……鳳凰城的狀態不如想像中好，但我們至少還有自由。」

隨著發報機的聲響，黑石的話彷彿觸動了阿卡心底的某個開關，瞬間將他的思緒從這個雨夜中拉得無限遠，讓他下了某個決定。

直至最後，派西關上發報機，小聲在阿卡耳邊說：「他們要去營救反抗軍人質，希望不會有危險。」

阿卡點點頭，含糊道：「睡吧，有什麼事明天再說。」

遠在另一塊大陸上的飛洛關上發報機，與黑石沉默地坐在武器庫房裡。黑石手中翻來覆去地拆卸並組裝著一塊晶片讀寫器。

「你不該告訴他們的。」黑石沉聲道。

「我習慣把所有事情都告訴派西。」飛洛道，「你知道嗎？派西雖然雙目失明，卻能看到和普通人不一樣的東西。」

黑石蹙眉道：「他能看到什麼東西？」

「預知危險。」飛洛若有所思地說，「我不知道你們人類是不是都有異常的能力，有一次，機械軍團在我們部隊熟睡時接近，恰好他就在隊伍裡。我們急行軍要離開中央地區，前往南方雨林，他在半夜叫醒我，說『爸爸，我夢見那些冷冰冰的大傢伙們要來了』。」

「幸虧我們發現得早，只陣亡三人，以極小的代價順利撤離了沼澤區。」飛洛道，「從那些開始，我習慣每次作出重大決定前，都通過發報機，問問他的意見。」

黑石笑了笑，臉上顯露的神情似乎相當不以為然。

飛洛也不多解釋，說：「我知道你不相信，算了。」

黑石道：「如果派西的夢真有預測能力的話，倒是可以讓他感知一下，遠古之心裡的關鍵資訊被誰取走了。」

飛洛無奈地笑笑，說：「我覺得不可能，只有與他、與我切身相關的事，他才有辦法預知。」

黑石把手裡的裝置拆卸並組裝了三次，他們還在庫房內等候入夜。入夜後，黑石將加入飛洛的隊伍，去營救一批被機械兵團羈押的人質。這批人質裡，就有三個月前看守遠古之心的衛兵。

「如果你的猜測是對的，」黑石抬眼看飛洛，「麥克西將軍與機械兵團有勾結，結果會怎麼樣？」

「很難說。」飛洛緩緩搖頭，「麥克西准將的地位非常重要，是革命的三位發起人之一，這件事萬一被揭發，將引起軍隊高層的劇烈動盪。」

黑石逐漸瞭解了生化人軍隊中的體系，包括領導反抗軍並落敗犧牲的李布林，以及如今仍然坐鎮鳳凰城的安格斯上將在內，這兩位與麥克西並列，成為生化人政權的三大決策人。

軍隊中的最高決策人之一，居然是「父」派來潛伏在反抗軍裡的臥底。這件事一旦傳出去，後果簡直不堪設想。飛洛此刻的感覺就像是撞上了一團大麻煩，從黑石進入遠古之心開始，便一個謎團裹著另一個謎團出現，而且此事還不能聲張。

「麥克西將軍這個時候在什麼地方？」黑石又問。

「在鳳凰城，」飛洛答道，「與安格斯會晤，因為李布林犧牲了，他們必須制定新的戰略，以防禦機械兵團的反撲，大約在一個月後才會回到這裡。我們既然要動手，就要盡快了。否則一旦等到他回來，很快就會知道你我進入了遠古之心的事。」

黑石點了點頭，起身到窗邊看了一眼，天色已全黑。飛洛帶著部下組裝好槍械，推開門，朝著漆黑的山巒前進。

一夜過去，大陸彼端的鳳凰城陽光萬丈。清晨，阿卡帶著派西到收容所的辦公室去，朝負責人解釋他們的現狀。

「我會去找工作。」阿卡朝著蹺二郎腿的男人道，「只要我們能養活自己，我弟弟就不用進收容所，對吧？」

「對。」彷彿有過類似的對話幾百次了，男人心不在焉地回答，「去吧，祝你們成功。」

阿卡牽著派西的手，又從收容所裡出來。昨晚一場雨過後，天際的雲霾漸漸散去，陽光從雲層灑下，派西站在陽光裡，忍不住流眼淚。

「怎麼了？」阿卡嚇了一跳。

派西笑著抹眼淚，搖頭道：「沒……沒有。」

「先找個住的地方吧！」阿卡把包包朝後一甩，換邊肩膀背著，牽起派西走進鳳凰城熙熙攘攘的世界裡。

「我們不收技師。」維修廠負責人奇怪地上下打量阿卡。

似乎早有被拒絕的心理準備，阿卡點點頭，溫和地說：「沒關係，我再去別家碰碰運氣。」

帶著派西從第五間工廠出來，阿卡用最後剩下的錢買了兩份熱狗，與派西蹲在路邊吃著。

「找一份工作很難嗎？」派西擔憂地問道。

阿卡答道：「別擔心，會找到的。」

阿卡的要求是包吃住就行，順便收留派西。然而大部分工頭都不相信阿卡能維修設備，他甚至試著去一些生化人開的技術維修站應徵，結果對方反而對派西比較感興趣，詢問起派西的來歷。

阿卡答道這是飛洛的養子，而飛洛是個生化人，於是聽到這個解釋的生化人大笑起來。

「養子？」那生化人老闆招呼道，「喂！過來看看！這小子是生化人的兒子，可要把他留下來才行。」

「是哪個？」

「編號？」

所有人圍了過來，阿卡本能地感覺到危險，派西卻拉了拉他的手，小聲道：「阿卡，別怕。」

派西掏出一個軍徽，遞出去，上面有飛洛的軍銜與部隊編號，這下所有生化人都相信了，隨之而來的卻是一陣長久的沉默。

「你父親欠我們很多錢，很多很多錢……」許久後，一名生化人開口道。

「你們要做什麼！」阿卡把派西護在身後，不讓生化人欺負他，「你和飛洛的事，等飛洛回來再直接找他處理！」

「你們會被抓走，」生化人笑道，「再被取下人類器官，拿去賣掉。」

「別嚇他！」阿卡憤怒地朝那生化人說。

不願再與他們多說，當下阿卡便帶著派西離開了。

輾轉幾個地方，發現飛洛的名聲非常不好，到了後面他甚至不敢多提，又回到了人類的聚集地，嘗試找間維修工廠。

「需要問問飛洛嗎？」派西問道。

「不。」阿卡道，「別讓他們擔心了。」

此時，天空滴滴答答下起了雨，派西便提議：「我們就在這附近過夜吧。」

阿卡看了看四周，前面有間廢棄的工廠，便帶著派西躲在工廠中一個巨大的水泥管裡暫時過夜。

對面的廢墟中，有個乞丐正在生火，抬頭看了他們一眼。

阿卡生怕他過來搶自己的東西，或是嚇著了派西，便一直盯著那生火的乞丐。

片刻後在雨中有一個撐著黑色雨傘，穿著風衣的人過來，與那名乞丐交談了幾句。

阿卡突然覺得不太對勁。

「怎麼了？」派西發現阿卡牽著他的力道變大了，輕輕地問。

「沒什麼。」阿卡低聲道。

漫天的硫黃雨裡，他們躲在工地的水泥管內，對面有個髒兮兮的乞丐——一切看似正常，然而居然有個來歷不明的男人，來這麼荒涼的地方找那名乞丐，這個畫面越想越不對。

「睡覺吧。」阿卡抱著派西，讓他倚在自己懷裡，不再看遠處的乞丐，閉上雙眼。

男人似乎一直沒有離開，與乞丐在不遠處交談。阿卡聽不見他們說什麼，也無心去關注。然而漸漸地，派西不安分地動了起來，身上滲出汗水，繼而驀然驚醒了。

「派西？」阿卡問道，「怎麼了，是不是不舒服？」

他摸摸派西的額頭，派西醒過來，輕輕喘著氣。

「我做了一個夢。」派西小聲道，「有人在我們附近嗎？」

阿卡訝異道：「你聽到腳步聲了？」

派西道：「他們注意到我們了。」

阿卡一驚，抬頭望向遠處，看到那名與乞丐交談的男子，他已足足佇留了近半個小時。

阿卡來不及問派西為什麼會這麼說，便說：「起來，我們走。」

現在已是深夜，街上空無一人。阿卡不曉得要去哪裡，也擔心貿然上街會遭遇危險，然而派西卻道：「我覺得我們應該在這裡等等。」

「為什麼？」阿卡問。

派西沒有回答。

然而遠處的那名男子談完話，注意到了他們，轉身朝他們走來。阿卡一瞬間心臟劇烈地跳了起來，想到今天那生化人老闆朝他們說的——這個城市裡相當危險、混亂，萬一對方是要……

「跟他走。」派西低聲在阿卡耳畔說。

「你們是什麼人？」那男子一身黑色風衣，上下打量阿卡。

阿卡護著背後的派西，問：「跟你有什麼關係？」

派西拉了拉阿卡的衣袖，無聲地提醒他，男人低沉的聲音道：「不想死就別待在這裡，跟我來。」

阿卡猶豫了片刻，男人沒有給他太多思考的機會，轉身離開。阿卡看看派西，又看向那名遠去的男人，最後他收拾東西，牽著派西，起身離開了廢棄工地。

穿黑風衣的男人在深夜裡習慣性地從衣袋裡掏出了一件東西，阿卡以為是槍，正要緊張時，卻聽見一聲輕響，火苗跳動，男人叼著菸，菸頭的火光微微亮起。

「你是……什麼人？」阿卡問道。

「沙皇。」那男人答道。

阿卡抬頭打量他，這名叫沙皇的男人皮膚粗糙，黑風衣的帽子罩著他半邊陰沉的臉，鼻梁作鷹鉤狀，耳上戴著一枚耳釘，側臉還有一道長長的疤痕。

他的黑風衣上別著一個徽章，上面寫著「鐵血戰隊」。

「鐵血戰隊是什麼？」阿卡問。

沙皇不自在地拉起衣領，以手臂擋住那枚徽章。

「名字。」沙皇冷冷道。

阿卡皺眉答道：「我叫阿卡，他叫……」

「我知道他叫派西。」沙皇道。

「我聽過你的聲音。」派西輕輕地說，「就在源能動力店那裡。」

阿卡頓時想起了早上他帶著派西去找工作時，那家恐嚇他說小心被抓去賣器官的生化人商店裡，似乎就有這個人，但他穿的不是風衣。

「眼睛看不見，心裡很清楚嘛。」沙皇扔掉煙頭，「你是飛洛那混帳的兒子？」

派西停下腳步，不悅道：「你說我爸爸的壞話，我不跟你走了。」

「人小脾氣大。」沙皇冷冷一笑，從兜帽下看著派西，「算了，當我沒說過。」

阿卡這才和派西跟著男人繼續前行。夜晚黑暗的小巷內，房檐滴著水，一扇後門前亮著一盞燈。

沙皇推開門，走進去，說：「看在飛洛的面子上，我收留你們。」

「我不用人收留，」阿卡說，「我可以工作。」

沙皇打開燈，昏黃的燈光照亮了房間內部，阿卡赫然發現這是一個武器維修店，太好了！

「我幫你工作吧！」阿卡欣然道，「包我們吃住就好！」

「你確定你可以嗎？別把我的東西弄壞了。」沙皇摘下帽子，懷疑地看著阿卡，開始脫風衣，又問道，「懂不懂槍械？」

阿卡讓派西坐下，到櫃檯前去看沙皇的槍械，取出一把，試著推拉，發出機械聲響，動作嫻熟專業。

沙皇看了阿卡一眼，便點了點頭。

阿卡說：「都是舊式的設備了。」

「中世紀的小刀一樣能殺人，」沙皇漫不經心道，「收割生命與年代無關。」

阿卡敏銳地察覺到，沙皇或許是個殺手，再不濟也是經常使用槍械的人，他的手腕上有著彈痕與傷疤。

「你睡在櫃檯後面吧，小朋友可以到樓梯底下睡。明天開始，幫我顧店。」

沙皇整理了一下東西，指了兩個地方，讓他們去睡覺。

阿卡終於找到了住的地方，雖然與想像中不太一樣，但只要有地方落腳，就是最好的事了。當夜沙皇扔給他們兩床被褥，被子帶著潮濕的霉味，阿卡把它鋪在地上，躺下來喊道：「派西，晚安。」

「嗯，阿卡，晚安。」

阿卡關上燈，室內陷入一片黑暗，只有沙皇打呼的聲音在樓上此起彼伏。

就在這深夜裡，靜謐的角落中，發報機突然間滴滴滴地響了起來。

阿卡立刻睜開了眼，從包包裡找出派西的發報機，接上傳輸線，螢幕上出現了一行字。

這是他利用手頭簡單的零件組裝出的解碼器，雖然頻率波段不穩定，但勉強能接收到一部分資訊。

派西，我是黑石，我找阿卡。

阿卡馬上輸入消息。

我是阿卡，黑石，有什麼事?

那邊沒有回應了，阿卡繼續輸入一行字。

黑石，你那裡有聲音收錄設備嗎?我試試能否用發報機的無線電頻率通話。

黑石的消息回來了。

不必。

阿卡不解，怎麼了？不是說要找他嗎？怎麼問了又不回話。

算了，黑石那種性格，等到他回話不知道要等多久。

阿卡再翻了翻派西的包包，拿出對講裝置連接到小型發報機上，開始調頻，耳機裡一片死寂。

阿卡低聲道：「黑石？你在哪裡？聽得到嗎？」

阿卡自言自語道：「是耳機出問題了嗎？黑石……咦？」

「聽見了。」那邊黑石道。

阿卡笑了起來，縮進被窩裡，問道：「你在什麼地方？」

「還在東大陸。」

阿卡又問：「什麼時候回來？」

黑石沒有說話，他坐在漆黑的岸邊，看著翻滾的海浪，微風吹來，帶著些許鹹味。

「你記得撿到我的那天嗎？」黑石道。

「怎麼了？」阿卡覺得這個問題有點莫名其妙，不知道深夜裡黑石為何會突然聯繫他。

「沒什麼，」黑石低聲道，「突然有種奇怪的感覺，所以想找你聊聊。」

阿卡的笑容變得柔和，他側枕著躺在被子裡，小聲問：「什麼感覺？」

「說不清楚。」黑石望向遠方答道。

阿卡喃喃道：「因為什麼而有這種感覺？」

「我的父。」黑石答道。

「『父』？」阿卡皺眉道。

「不是『父』，而是……製造我的人。」黑石道，「我的父親。」

阿卡心中一動，問：「你想起自己的身世了？」

黑石沒有回答，阿卡追問道：「是誰創造了你？」

「你為什麼會救我？」黑石問。

阿卡一頓，腦中浮現發現黑石的情況，說：「沒、沒為什麼吧，我看到你躺在沙灘上，所以就……話說，你的脾氣感覺好多了，是發生了什麼事嗎？」

「我的脾氣很不好？」黑石的語氣顯得相當不解。

「我還記得第一天見到你的時候。」阿卡笑道，「你差點掐死我，對我很不耐煩。」

「激素。」黑石低聲道，「記憶紊亂，認主機制效果，與攻擊行為的衝突。」

「什麼意思？」阿卡問。

黑石避開了這個話題，問道：「那天，機械警衛即將殺死我的時候，你為什麼會站出來？」

阿卡道：「既然救了你，就不能讓你隨便死去嘛，怎麼了？」

「沒什麼。」黑石道。

「你找到了你父親的線索嗎？他是誰？」

「他沒有名字，而且已經離開了這裡。」黑石又補充道，「我的主人已經不在了。」

「啊……這樣啊……」阿卡不知道怎麼回答，也只能順著他道。

「我覺得不太對。」

「什麼不太對？」

「有一股感覺，但是我不知道這是什麼。」

阿卡思索了一陣，意會過來，低聲道：「你心裡的感覺，叫做孤獨。」

「是嗎？」黑石不以為意道，「這種感覺很奇怪，只是想找個人一起坐著。」

「飛洛呢？你怎麼不找他坐坐？」阿卡問。

黑石答道：「他不在。」

「難怪會打給我……」阿卡咕噥道，「咳咳……對了，那你什麼時候回來？」

「我會盡快。」

「你會來和我們一起生活嗎？」

「生活？」黑石重複道。

阿卡解釋道：「我們已經找到地方落腳了，在一個叫沙皇的人的店裡。」

「沙皇……」黑石似乎聯想到什麼，「你認識傭兵協會的會長灰熊嗎？」

阿卡茫然道：「誰？是你的朋友？」

「飛洛幫我聯繫的，我也不認識。」

「喔……」阿卡完全不曉得黑石提這個做什麼。

頓時兩人陷入一陣沉默。

「說說你們的近況吧。」過了幾分鐘後，黑石先開口了。

阿卡便在被窩裡小聲講了他們的經歷，黑石就靜靜地聽著。

說了好一會兒，終於說到他們抵達沙皇的修理店時，另外那頭還是毫無聲響，阿卡試探性地喊了聲：「黑石？」

「我在聽。」黑石答道。

阿卡嗯了聲，黑石聽出他帶著倦意，說：「我很快就回來，在回來之前，你盡量待在那裡。」

「好。」阿卡說，「黑石，注意安全，別做什麼危險的舉動。」

黑石切斷了通訊，阿卡在沙沙的電流聲中漸漸入睡。

Chapter.08
黑色大地

翌日開始，阿卡便暫時接受了這份工作。

沙皇的店主要是幫舊城區內的傭兵們維修設備，並兼而經營槍械倒賣，大部分都是不知從何處得來的黑槍。阿卡的工作就是把它們翻新，再作一些調整，繼而推銷出去。

阿卡以自己在機械之城中學到的知識，改裝了一部分電磁武器，令沙皇非常滿意。上午三人坐在一起吃飯時，沙皇穿著一身髒兮兮的白襯衫，捲起袖子做了三碗番茄湯，放下一大籃麵包，餓得不行的派西與阿卡埋頭狼吞虎嚥。

「看不出來你還會維護槍械。」沙皇道。

「以前在『父』的國度裡學過一些。」阿卡道，「但除非必要，我很少碰它們。」

沙皇道：「沒有從機械之城裡偷走一把，自己防身？」

阿卡搖了搖頭，機械之城內的那些武器令他記憶深刻。機械生命體使用人類製造的武器，再拿來屠殺人類，這讓他從小就對槍械有股抗拒感。但既然留在沙皇的店裡，這是一份工作，便不得不做好它，否則自己和派西都沒有飯吃。

自從船上那一夜後，阿卡驚奇地發現，自己對外界的感知能力發生了天翻地覆的變化。從前在心無旁鶩地工作時，注意力只能集中在機械裝置上，然而現在，只要一進入忘我的工作狀態，感知能力就能探知四周。

那是種非常難以形容的感覺。一把機槍在他手中，包括瞄準鏡、手柄、槍膛等零件，剎那間在他腦中分解得井然有序，一清二楚。

阿卡神志恍惚，將槍械推上膛，放在櫃檯上。

「這就好了？」那名傭兵道，「這把暴風之鷹連東區的精密儀器店都修不了！」

「好了，」阿卡點頭道，「是定位觸發器出現了問題……」

傭兵道：「你看過設計圖嗎？」

「沒有。」阿卡不耐煩地道，「你不是要修槍嗎？已經修好了，還有什麼問題？」

傭兵試了試，發現確實完好如初，只是沒有上子彈，他驚訝地朝沙皇道：

「喂，老兄，這小子……」

「暴風之鷹？」坐在一旁抽菸玩紙牌的沙皇起身，走過來，接過槍械，看了一眼，「唔，生產廠商已經倒閉了吧，你是怎麼修好它的？」

「我……」阿卡有點不安，看著沙皇答道，「找到構造上的問題，就沒什麼困難了。」

「這小子很聰明。」沙皇笑了起來，把槍還給傭兵，拍了拍他的肩膀。

傭兵幾乎無法相信，這把槍已廢置多年，既無法維修，又無法退回原廠，當初只是想拿來當廢鐵換點錢，說不定能蒙過沙皇的新維修學徒，沒想到這學徒三兩下就把槍修好了！

「二十五個金幣。」阿卡說。

傭兵連忙掏錢付款。

阿卡看了一眼坐在角落裡的沙皇，暗忖不知道對方有沒有看出自己的能力。但無論他是否看出來了，阿卡都覺得自己不能談論太多。還有派西的夢——阿卡試著與派西溝通了幾次，卻都得不出什麼結論，只能暫時擱置。

隨著時間過去，阿卡與派西在沙皇的店裡生活了將近一週。

起初來店裡的顧客都是滿臉橫肉、凶神惡煞的傭兵，然而那些人看到阿卡與派西都有點意外。

他們對阿卡的態度不太好，卻對派西相當客氣，臨走時還會給他小費。

阿卡把錢都收下，沙皇每天也會根據營業額，多多少少給阿卡一點報酬，阿卡則將收到的錢交給派西，讓他管理。

基本上，兩人平時沒有需要花錢的地方，阿卡一邊為沙皇維修槍械，一邊忍不住想起了自己曾經的寶貝——機器人K。那時自己每天偷藏零件偷得非常辛苦，最後一下全沒了。從這裡，阿卡又聯想到那一天，在他與黑石逃離機械之城時，突然出現在面前的機器人。

到底是誰操控了K？阿卡一邊想，一邊處理手中的連發機槍，三兩下修理好之後，又想到與他們一起逃出來的黑石。不知道他過得怎麼樣了，有沒有危險？

仔細思索一番後，他決定晚上叫派西聯絡飛洛，問問黑石的情況。

今天外面很冷，大雪封門，鳳凰城的雪裡帶著刺鼻的硫黃味，落地的雪花都是灰色的，被污染後的雪堆在門前。阿卡組裝了一個小型的自動掃雪機器人，讓它在門外清理積雪。

鳳凰城明令禁止私自研究機器人，但界限非常模糊。人類與生化人的生活都離不開機器裝置，大部分能夠自己運作的機械體，反抗軍巡邏隊都會睜一隻眼閉一隻眼。

阿卡橫豎無事，便利用起沙皇店裡廢棄的零件，自己隨便組裝點東西。如果有可能，他還是想再做一個K。現在不是為了逃亡，也不需要它戰鬥，然而體內與生俱來的，對鋼鐵、對機械的嚮往，令他忍不住動起這些念頭。製造機器人就像玩積木一般，千變萬化，充滿樂趣，尤其在自己製造出的裝置動起來的一瞬間，有種造物主的快樂與喜悅……

正在想這件事時，門外的鈴鐺響了。

「打烊了，」阿卡說，「明天再來吧。」

門被推開，一個身材高大的男人走進來，就像一座山一般。對方戴著反抗軍的軍帽，居高臨下地看著阿卡。

「沙皇呢？」他的聲音響起時，整間店面都在震顫，正在廚房削馬鈴薯的派西被嚇了一跳，杯盤亂響。

「他……」阿卡惴惴看著這個男人，感覺就像對著一頭安卡洛斯巨熊在交談。他指了指店面後方的待客室，說：「在裡面。」

「噢，灰熊，」沙皇端著一杯威士卡，叼著煙倚在門邊，「歡迎光臨，我還以為你已經死在機械之城了。」

阿卡微微蹙眉，聽到這個久違的名字，忍不住朝那男人多看了一眼。

灰熊道：「這見鬼的冬天，永遠沒有結束的時候，我真是受夠了！」

灰熊脫下軍大衣，現出一身結實的肌肉，幾乎要把衣服撐破。他跟著沙皇走進待客室，途中隨手將大衣往樓梯底下一丟，落在派西的床鋪上。阿卡還是初次見到這麼魁梧雄壯的男人，個頭足有一百九十公分，就算是強壯的黑石，站在他面前也相形失色。一個灰熊足有兩個成年男子這麼魁梧。

灰熊喝下一大口威士卡，嗆得臉色通紅，「一名外部人士加入了祕密行動小組，你不知道他們在遠古之心發現了什麼！革命雖然失敗，但是根據那男人提供的消息，『父』的統治就要完蛋了！那個男人……他們叫他『救世主』，認為他是古神留下來，終結『父』的關鍵，他在遠古之心……」

阿卡忍不住伸長脖子，好奇地聽著灰熊與沙皇的對話。待客室的門開著，沙皇往外看了一眼，正好看見阿卡的表情。

「沙皇，我可以用一下你的電磁鐵焊接器嗎？」阿卡有點尷尬地問道。

「你隨意。」沙皇懶洋洋道，「但別在我的店裡試你的新武器，要用就拿到小巷後面的河邊去。」

阿卡點頭，開始組裝他的機械臂，還想再偷聽點什麼時，沙皇卻走到門口，把門關了起來，聽不到他們的對話了。

阿卡總覺得最近的氣氛有點不對，沙皇不再出門，外面的盤查也逐漸變得森嚴起來。

一天清早，一名傭兵過來說：「喂，小子，十六號巷裡的那孩子是你弟弟？他被守衛扣住了。」

阿卡聞言，馬上放下手邊的工作衝出門，發現街上多了許多崗哨。派西手裡拿著盲人用的電子拐杖，迷茫地抬起頭，另一手提著一袋麵包。

阿卡道：「他是我弟弟！」

「別在外頭亂走動。」生化人哨兵看了他一眼，舉起一塊肩章，「誰給你的？」

「我爸爸。」派西答道。

那塊飛洛給的肩章一直被派西收在貼身的口袋裡，生化人哨兵把肩章還給他，笑道：「有意思，你是生化人的兒子？」

「走吧。」阿卡警惕地看著哨兵，牽起派西的手回去。

哨兵道：「麥克西將軍過幾天要回來視察，不想惹麻煩的話，就乖乖待在家裡，哪裡也不要去。」

「外頭發生了什麼事？」阿卡回來以後朝沙皇問道。

沙皇躺在椅子上，穿著靴子的兩腳擱在圓桌上，帽子蓋著他的臉，從扁呢帽下傳來聲音：「麥克西來了，要遊行、演講、戰前動員……」

「是這裡的當權者嗎？」阿卡道。

「三名當權者其中之一。」沙皇懶懶道，「生化人政權要反擊，動員所有人攻打機械之城。」

阿卡道：「才失敗過一次。」

沙皇解釋道：「鳳凰城裡人心惶惶，這種時候，總要找點事情做。」

阿卡點點頭，不再多問。

夜裡，全城宵禁，早早就熄燈了，室內一片黑暗。阿卡聽見敲門聲，睡眼惺忪地爬起來，派西卻摸索著先去開門。

「誰？」阿卡道。

沙皇卻像是一直等著，說：「進來吧。」

那人在黑暗裡把一件東西放在櫃檯上，逕自走進沙皇的待客室，繼而關上了門。阿卡打開燈，看到放在櫃檯上的是一把遠程狙擊槍。

他開始幫客人調整檢修，心想多半又是沙皇的什麼朋友，好奇地探頭張望，想知道來客是否帶來了東大陸那邊的消息。然而沙皇進去後把門緊緊關上，什麼都聽不見。這一晚上阿卡睡得不太好，加上昨夜灰熊造訪，他已經連續兩晚沒睡好覺了。翌日清晨天剛亮，他就被外頭的嘈雜聲吵醒。

人們成群結隊地經過街道，歡聲雷動，只因反抗軍的領袖之一即將到來。阿卡推開窗戶朝外看，大街小巷裡擠滿了人，都朝著廣場上走。有人帶著鮮花，有人帶著食物，爭先恐後地湧向廣場，等待著那個傳說中的人物抵達鳳凰城。

鳳凰城從來沒有像今天這樣塞滿這麼多人，猶如正在慶祝盛大的節日。禮花聲震耳欲聾，阿卡關上門窗，第一件事就是去看昨夜來的客人。

客人不在，而沙皇仍在沉睡，派西道：「你在找昨天晚上來的那個人嗎？他給我們帶了吃的。」

桌上放著一盒新鮮水果，上面還有水珠，派西說：「他今天早上起來，洗完水果以後說給我們吃，就上天臺去了。」

阿卡沿著樓梯上去，卻發現天臺的門被反鎖著。

輕輕敲門後，他試探地問：「你在外面嗎？」

在外頭的男人正把狙擊槍架在欄杆上，擦拭著瞄準鏡，他回頭看了一眼緊鎖的門，沒有回答。

「謝謝你的水果，下來吃早餐吧。」

天臺上的人依舊不發一語。

阿卡又等了一會兒，得不到回應，心想來來沙皇這裡的都是些怪人，便不理他了。

阿卡與派西吃著早餐，聽到外頭歌聲響起，匯聚成一道洪流。

「不屈的靈魂，我們終將回到故土……」

「命運的英雄，帶領我們前進……」

「未來就在腳下……」

城鎮被熱情點燃了，阿卡雖然對反抗軍的事不感興趣，卻不可避免地也被這種情緒渲染。

派西看不到外面的情況，卻覺得這種熱鬧氣氛很有趣，他試著問：「阿卡，我可以出去感受一下嗎？」

「不。」阿卡想也不想就答道。

「好吧……」派西的聲音聽起來有些失落，但還是乖乖地繼續吃早餐。

片刻後，又有人敲門，大門轟地打開，灰熊出現在門口。

「麥克西來了。」灰熊道，「你們不想出去看看？」

沙皇懶懶道：「不了，家裡有兩個小朋友，你可以帶他們去。」

灰熊笑了笑，問：「你們去嗎？」

派西看著阿卡，阿卡不太想去，他的機械臂還沒有組裝好，沙皇道：「派西，你可以跟著灰熊去，他會保護你的安全。」

阿卡打量灰熊後，最終道：「去吧，早點回來。」

灰熊便上前牽起派西的手，帶著他出門。

兩人離開後，沙皇看著憂心忡忡的阿卡道：「灰熊曾經赤手空拳地破壞一個基地，不用擔心你弟弟的安全。」

「與其擔心他能不能保護派西，」阿卡咕噥道，「我更擔心他會不會對派西做什麼。」

沙皇笑了起來，「他不喜歡小孩子，你大可放心。現在你們的保鏢來了，誰都不用怕了。」

「什麼？」阿卡莫名其妙道。

沙皇吃過早飯，沒有回答阿卡的話，便回房間裡坐下，依舊躺在他的椅子上，以帽子蓋著臉，打開收音機，聽著廣播報導麥克西將軍到來一事。

阿卡則在櫃檯後方調整機械臂，他用沙皇店裡的廢品組裝出一隻機器人的手臂，他將它握在手上，機械運作時發出「嘎嘎」的聲音，並加上了一把光彈槍。

調整了好一陣子，阿卡覺得今天進度差不多了，便停下來休息，走到窗邊看看外面。

外頭黑壓壓的全是人，人群一望無際，阿卡從來沒見過這麼多人。他們從四面八方湧入，似乎要親眼見證某個歷史性時刻。廣場中央是通往南方的蒸氣車站，鐵軌鋪設到此處，猶如通向世界荒蕪之地，不再前進一寸。

大鐘指向九點整，一列蒸汽車抵達，當車廂門打開時，人群沸騰了。

「麥克西——」

「麥克西，你來了！」

無數人爭相喊著麥克西的名字，幾名反抗軍軍官離開車廂，緊接著是一名個頭矮小的中年人。

看著看著，阿卡才突然想到，對了，早上去天臺的客人好像一直都沒下來？

他試著抬頭往上看，但只能看到天臺的壁沿，看不到人影。

他決定走出屋外，沿著外牆的梯子爬上屋頂，不遠處就是天臺，他看到那男人的黑色長風衣，雙手插在口袋裡，靜靜地站在天臺角落，望向遠方。

「嘿！」阿卡朝他喊道。

男人和黑石差不多高，戴著一副耳塞，阿卡打賭他聽見了，卻選擇不回頭。

阿卡想了想，決定直接攀上天臺，去看看他究竟在幹嘛。

這時，嘈雜的歡呼聲頓止，傳來一道低沉而穩重的聲音，阿卡探頭一看，是麥克西在說話。

「今天是一個歷史性的時刻。」麥克西摘下帽子，神情肅穆，「我們遭遇了有史以來最慘痛的打擊，以無數戰士的生命作為代價，為我們削弱了『父』的威嚴，但這遠遠不夠！我們將團結在一起……」

日光顯得蒼白而稀薄，靜悄悄地落在鳳凰城的每一座建築上。機器修理店的天臺上，黑石咬著一枚子彈，架好狙擊槍，朝向廣場正中央——麥克西所站之處。

他戴上紅外線瞄準鏡，注視四百公尺外激動揮手的麥克西，他正在揮舞一頂准將的軍帽，調動起人們的熱情。

數秒後，殺手扣下扳機。

「砰！」

猶如巨人朝大地狠狠砸下一錘，整個世界為之震動。

那一刻，時光流逝恍若無比地緩慢，麥克西那顆偉大的頭顱爆開，血花飛濺。日光下，麥克西的腦漿中閃爍著晶片的光芒。

整座廣場上的人都驚呆了，這震撼實在太大，以至於近五秒內沒有人說得出話來，眼睜睜看著無頭的麥克西屍體倒在地上，滾下臺去。

這震撼全城的槍聲令一個人死去，然而令一個人應聲醒來。

修理店內，沙皇瞬間被槍聲驚醒，猛地坐起。

天臺上的阿卡瞪大了眼，嚇得連忙爬著梯子回樓下去，他正要衝回店內，卻和往外跑的沙皇撞了個滿懷！

「那混帳做了什麼事！」沙皇揪著阿卡的衣領怒吼道。

「我不知道！」阿卡推開沙皇大聲道，「我也是剛剛才聽見槍聲！」

「見鬼！」沙皇轉身進店內，衝上天臺，憤怒地踹門，「你給我開門！該死的！你做了什麼！」

奈何那鐵門關得緊緊的，沙皇竭盡全力都無法弄開。正在這時，阿卡拉住他，一把將他推到旁邊去，架上機械臂，抵著門發了一炮。

一聲巨響後，天臺的門直接被轟飛出去。

沙皇與阿卡踏入天臺，看到飛揚的風衣衣角、狙擊手翻出欄杆躍下小巷的身影，以及他朝阿卡輕輕一揮的手勢。

那一刻，阿卡渾身的血液都凝固了。

「黑石——」阿卡撲到欄杆前吼道。

只見黑石跳到修理店後的小巷，落地時抬頭朝阿卡看了一眼，繼而縱身奔跑，消失在小巷的盡頭。

阿卡也跟著翻下去，摔在一個油桶上，又落在地上，頭昏眼花地滾了一圈，跳起來繼續追著黑石跑，喊道：「等等！」

麥克西之死造成難以控制的混亂，廣場上近十萬人回過神後，一齊發出意義不明的叫喊，揉雜了憤怒、悲傷乃至絕望。不少人要衝上臺去看他的屍體，而護衛隊鳴槍示警，人群產生騷亂，十萬人自相踐踏，擠倒了看臺。

阿卡萬萬沒料到會發生這樣的事，他追出巷外，看到黑石的身影。到處都是一片混亂，黑石實在跑得太快，漫天的巡邏機最終發現了黑石，生化人員警開始包抄堵截逃跑的黑石。

阿卡從懷中摸出一個單片眼鏡定位機戴在左眼前，拖著機械臂飛速衝過長街。到處都是追捕黑石與疏散民眾的士兵，鳳凰城裡徹底暴動了，反抗軍開始鎮壓。

這是怎麼回事？阿卡途經之處，發現有不少人與反抗軍展開了槍戰，而大多數都是傭兵！

這股破壞欲在人群內蔓延，有人開始動手砸玻璃窗，砸建築物。就在這短短的半小時內，阿卡親眼目睹了歷史如何在關鍵時刻完成了轉變，命運如何硬生生地改變了十萬、百萬乃至千萬人的人生軌跡。

一聲轟鳴，兩架生化人操控的治安機甲追著黑石而去，在天空中旋轉的防禦設施發出警告。

「迅速疏散，十秒後，第六街區開始封鎖……」

「十、九……」

黑石在前方道路上奔跑，突然意識到危險，停下腳步轉身，兩臺殲滅機甲堵在面前。

他將手中的狙擊槍一甩，短短片刻，狙擊槍自動分解，再組合成為磁力炮，抵著機甲發射。

雷光中，機械體失去行動力，然而就在這數秒間，阿卡已經追了上來。整個街區的包圍圈也同時併攏，上千名生化人士兵手持槍械，衝向黑石。

黑石轉頭掃視一圈，天頂的防禦衛星已倒數到「一」，緊接著一道雷射飛速射來。說時遲那時快，阿卡已衝到十字路口處，一躬身，單膝跪地，左手提起機械臂，右手背到身後，抽出靴跟後的火箭推進器，蹬著地面一衝。

短短一瞬間，阿卡飛向黑石，機械臂火力全開，清開一條通路！黑石馬上伸手，兩人手臂一勾，黑石平地躍起，半空中一個漂亮翻身抱住阿卡，兩人猶如炮彈般衝進一座大廈裡！

在不知道撞毀多少東西後，兩人停了下來，黑石卻立刻抱起阿卡，衝下大廈的地下室。

「我自己會走……」阿卡道。

黑石聞言，直接把人放下，改拉他的手，兩人在地下停車場內飛奔，又找到下一個通道，鑽了進去。

半小時後，他們終於甩開所有的追兵。阿卡躺在下水道裡大口喘氣，他感覺到自己中彈了，且中在側腹處，得盡快把子彈取出來。

他伸手一摸肋下，手上一片濕膩，全是血。然而黑石還不知道，他便拉起外套蓋住傷口。

黑石長身而立，站在污水管道的交匯處，眉頭深鎖。

「你還要休息多久？」黑石不耐煩道。

「你能不能有點良心！」阿卡怒道。

黑石不說話了，但仍然看著阿卡。

阿卡莫名其妙道：「怎麼？我很奇怪嗎？」

「為什麼追出來？」黑石問。

阿卡沒好氣道：「擔心你啊，你怎麼回來也不打個招呼？早上給我和派西的水果，是你帶來的？我還在奇怪誰會給我們好吃的。」

黑石漫不經心地嗯了聲，眉宇間似乎有點焦慮。阿卡艱難地起身，扶著下水道牆壁，一步一步地走。

黑石馬上警覺道：「你要去哪裡？」

「你自己走吧。」阿卡忍著憤怒與心酸道，「不用管我了。」

「外面很危險。」黑石追上來。

阿卡終於爆發了，回身以機械臂抵著黑石的胸膛，怒吼道：「你為什麼留下！

為什麼回來！你什麼都不告訴我！我是真的把你當成朋友，才不顧性命追著你出來救你！你把我當成什麼！」

黑石一怔，阿卡就像只憤怒的鬥雞，瞪著黑石直喘氣。

「是這樣？」黑石似乎感到相當好笑，「你在生氣？」

「少拿什麼人類情感你不懂的來唬我！」阿卡怒道，「滾！」

「等等。」黑石走在阿卡身後，尋思良久後說，「我不想把你扯進這件事裡。」

阿卡道：「滾滾滾！不想聽！」

Chapter.09
星盤之子

阿卡走到通風口前，站了一會兒，使力以機械臂去拆通風口前的圍欄，黑石卻要他避到旁邊，接著一聲巨響傳來，他一拳捶上了圍欄。

「跟我來。」黑石拆下圍欄，拉著阿卡的手爬上去。

這是一個廣大的地底空間，鳳凰城內多條下水道的匯集之處。阿卡一瘸一拐地走在前面，捂著小腹，腳下全是血，止不住眩暈感。

黑石終於發現阿卡的異狀了，臉色鐵青地上前扯過他道：「怎麼回事？你中彈了？為什麼不說！」

阿卡想甩開黑石，黑石不僅不放，還緊緊抱住了他，吼道：「別亂動！讓我看看！」

阿卡流血流得頭暈，黑石連脫下自己外套墊在地上，讓阿卡躺好，揭開他的衣服。傷口並不大，黑石便將他的武器一抖，自動縮成一把鋒利的鑷子。

阿卡道：「那……那是什麼東西？」

黑石不答，低頭為阿卡取出彈頭，阿卡痛得大叫起來，黑石啞著聲音道：「別動！」

阿卡不住抽搐，黑石取出彈頭，「噹啷」一聲扔在地上，接著又脫下自己的衣服，按在阿卡的腹部上，再扯下幾條布料纏住。

「沒有藥，得快點上去……」黑石有點手足無措。

看到一向冷靜的黑石這麼緊張，阿卡反而覺得有趣，「沒事，死不了。」

黑石突然間抱住阿卡，力道大得令他喊痛。阿卡起先有點錯愕，然而黑石全身都在發抖。

「對不起……對不起……」

阿卡簡直不相信這是從黑石口中說出來的話。

「你說什麼？」阿卡像是聽到了一個玩笑。

黑石也注意到自己有點太激動了，便長嘆一聲，說：「我背你。得盡快出去找藥，避免傷口感染。」說著，黑石不容阿卡反駁，便把他背起來。

因為傷口很疼，阿卡早就忍得沒了力氣，索性就任由黑石背著。

「武器是你自己做的？」黑石突然問道。

「嗯。」阿卡被黑石背著，黑石的腳步非常穩健，令他覺得很舒服。

他側著頭，看著幽暗深邃的下水道，彷彿又回到了與黑石逃出機械之城的那一天。

「你的呢？」阿卡咕噥道，「你的武器是哪來的？」

「我在造物主遺跡裡找到了它。」黑石答道。

阿卡對這個很有興趣，但是現在沒心情研究了，決定等回去了再借來看看。

「造物主遺跡是什麼？」

「一切誕生的地方。」黑石一邊走一邊說，「黃金時代以前，世界的中心點。那時，造物主創造了這個世界。」

「你想起以前的事了？」阿卡又問。

「想起了一部分。」黑石點點頭，「你們的世界被稱為星盤，是一個由預設程式控制著的世界。控制星盤世界的中樞藏在地底，誰也找不到它，也就是『核』。」

阿卡皺起眉頭，「我不太明白……這好像和歷史書上說的不一樣？」

黑石解釋道：「你可以想像，世界是一艘巨大的生態飛船，它在古老的某一天，從宇宙深處前來，停在了這個空間裡，目的是研究生命的起源，以及尋找宇宙間的一些微觀規律。

「經過上萬年後，這艘生態飛船最終成了現在你看到的樣子。被預先寫入的程式則通過核的能量，調節並控制著整個世界的規律，譬如說地震、火山爆發、海嘯、颶風……」

「最後，造物主留下星盤這個生態培養皿，離開了這裡，讓人類自由進化、發展。然而在五千年前，有一群冒險家發現了遠古之心的實驗室，並從裡面帶走了一些技術，包括製造生化人的技術，以及電腦技術。他們在東方大陸的深處，複製了另一間實驗室，並製造出了『父』。」

阿卡隱約感覺到，出現在自己面前的黑石，或許是解開一切的關鍵。他屏住呼吸，不敢打斷黑石的話。

在漫長的寂靜後，黑石又道：「『父』最初的作用，是造物主所在世界裡的一種監視機械體，它向造物主回報一切實驗資料，並及時停止超出預期的實驗。

「後來造物主覺得『父』的判別依據太死板，難以保留下祂們想要的資料，於是便沒有將它用在我們的世界裡。但冒險家們並不清楚這一段往事，而是建造出了具有自我意識的『父』。『父』甦醒後，不斷延伸自我，與星盤的核進行連結，同時著手清除這個培養皿中超出控制的部分。

「於是『父』與生化人都反叛了，就是現在你看到的機械之城。現在，『父』正準備與『核』進行最後的連結，並停止這個持續了上萬年的實驗，將實驗資料歸零，重新開始。」

阿卡道：「那造物主呢？」

「祂們已經消失了，」黑石道，「離開了『父』的通訊範圍，『父』無法接觸祂們，但根據自身程式，它還是會結束整個實驗，將星盤的所有活動停下，並關機以節省能源。」

「也就是說……」阿卡頓時一陣恐懼。

「在消滅了世界孕育出的智慧生命後，星盤就會停止一切能源供給，地面變成沙石覆蓋的荒地，成為死寂世界，等候造物主歸來。」黑石道。

「什麼時候？」阿卡顫聲道。

「很快，飛洛去調查後發現，剩不到一年了。」黑石淡淡道，「不過在造物主離開這個世界前，祂們還留下了一個緊急應變系統。這個系統，具有決定是否中止實驗的優先權，但它的級別並沒有比『父』高，我不清楚當它對星盤核心發出指令時，核心是執行緊急應變系統的命令，還是『父』的命令。」

「緊急應變系統在什麼地方？」阿卡道。

黑石頓了一下，側頭似乎想說什麼，最後還是以沉默結尾。

阿卡尋思良久，而後又道：「讓緊急應變系統發揮作用，需要什麼條件？」

「接近星盤的核，並對它發出指令。核本身沒有思想，只是儲存能源，以及執行命令的終端裝置。唯一的通道，就在『父』的高塔地下，已經被它的電腦接通了。」

此時，阿卡腦中閃過一樣東西，他急忙問道：「是不是跟那枚晶片有關？還有誰知道這件事？」

「那枚晶片只是記載著冒險家們對此事的探索，並保留了進入核的口令。」黑石道，「你在機械之城下發現的老人，就是當年進入遠古之心的冒險者之一。」

「那你為什麼……」阿卡想起了黑石的刺殺行動。

「知道這件事的，只有四個人，」黑石道，「你、我、死去的李布林與麥克西將軍。『父』發現了他們的計畫，派出機器人，殺死了第一個麥克西，並製造了一個他的複製體，混在鳳凰城中調集軍團、發動戰爭，將成千上萬的生化人戰力送到機械之城去，再布下陷阱，殺死所有人。」

「但不知道為什麼，李布林將軍發現了問題，」黑石道，「可惜已經太晚了，『父』搶先一步將他殺害。」

「現在我殺死了作為奸細的麥克西，」黑石又道，「接下來，生化人會奪回鳳凰城內高層的控制權。如果順利的話，再找到緊急應變系統，有百分之五十的機會能將『父』停機，並重啟星盤。」

「重啟星盤，會發生什麼？」阿卡問。

「會恢復黃金時代的環境，」黑石道，「釋放離子能，催生大地的植物，淨化你們在這些年裡對世界造成的污染，令環境與氣候更適合每一個物種生活。你覺得有必要嗎？」

阿卡曾在書上讀到過，黃金時代的世界，那是一片廣袤、生機盎然的綠色大地。

「我喜歡那樣的世界，」阿卡說，「像個生態區一樣。」

「但再過幾千年，甚至幾百年，」黑石道，「人類還是會毀了它。」

「我不會。」阿卡低聲道，「但我只能代表自己。」

黑石問道：「你真的喜歡嗎？」

「當然。」阿卡小聲道，「有四季變化、萬物生長的世界，你不喜歡嗎？」

黑石沒有回答。

兩人沉默著走了一段路，阿卡才又說道：「謝謝你相信我。」

「我只是不想讓你牽扯進這麼複雜的事裡。」黑石沉聲道。

「我願意被牽扯進去。」

黑石不說話了。

過了良久，阿卡都以為黑石要狠狠拒絕他了，才聽到黑石的回答。

「別把這件事告訴任何人。」黑石小聲提醒道。

阿卡知道這件事的嚴重性會引起所有人的恐慌，尤其是在還沒找到緊急應變系統的情況下。

「不管怎麼樣，」阿卡喃喃道，「總會有希望的。」

兩人終於來到下水道的出口處，推開鐵門，外面灑進一片金色的夕陽餘暉。阿卡呆住了，整座城市彷彿遭到轟炸般濃煙四起，許多地方已經成為廢墟。

這是一場艱苦的戰爭，生化人與人類在鳳凰城裡展開殊死搏鬥。阿卡這才發現，在自己不知道的時候，內亂爆發的規模居然如此驚人。

黑石背著他走向西城區，傭兵正在檢視入境的人類居民。

「這是怎麼回事！」有人大聲嚷嚷道。

「是要分家了嗎？」又有傭兵怒吼道，「我忍那群生化人忍太久了！這就去揍死他們！」

鐵絲網內的人類一呼百應，阿卡才察覺生化人與人類間的矛盾居然這麼深。種族隔閡完全無法消除，整個西區的人類都嚷嚷著要搶回他們的資源，把最後一名生化人的執政者——安格斯上將給趕下臺。

「什麼人？」看守西區崗哨的傭兵盤查黑石。

黑石背著阿卡，說：「胸前口袋。」

阿卡從黑石的口袋裡抽出一張卡片，那人看了一眼，馬上說：「快進去，這裡太不安全了！」

黑石帶著阿卡進入西區街道，鳳凰城有一半已被人類霸占。在最高的五十二層大樓前，傭兵協會組織敞開大門，不少人出出進進。黑石帶著阿卡進去，自從來了鳳凰城後，阿卡還是第一次進到這裡。

黑石放下阿卡，讓他坐著，隨後便去找藥。馬上就有人發現了他，數名傭兵圍過來，問長問短。黑石給阿卡打了一針抗生素以防感染，餵他吃下快速癒合的膠囊，又要背他。

阿卡連忙拒絕：「我、我自己能走。」

「跟我來。」黑石也不多說，轉身便走向電梯，帶著阿卡上了三樓，進入一間空曠的會議室，「你就在這裡休息。」

阿卡點點頭，找了個舒適的地方躺下來，小腹處隱隱作痛，還有點發癢，能感覺到傷口正在漸漸癒合。

就在他昏昏欲睡時，一道逐漸靠近的腳步聲驚醒了他。

「這位小朋友是誰？」一個低沉的聲音問道，「你的同伴？」

「戰友，」黑石答道，「自己人。」

阿卡睜開眼，看見會議室裡來了不少人，黑石及一名不認識的紅髮男子、灰熊、沙皇，還有一名戴著帽子的男子，及一名坐著輪椅的女子。

「你的弟弟很安全，不必擔心。」沙皇懶懶道。

阿卡聽到派西的情況，才放下了心。

「容我介紹一下，」灰熊開口道，「鄙人是鳳凰城傭兵協會的會長。」

沙皇蹺著腿，擦得錚亮的馬靴架在會議桌上，懶懶道：「我想這位小朋友可能被我們嚇呆了。」

阿卡瞪大眼，吃驚地問：「你、你不是開武器店的嗎？」

「武器店只是他的兼職。」坐在輪椅上的女子溫和地笑笑，解釋道，「沙皇是我們的小王牌，負責在他的店內傳遞情報與生化人政權的消息。我是書記官莉莉絲。」

那戴著帽子的男人摘下帽子，露出滿是傷疤的光頭，並彬彬有禮道：「傭兵協會戰士首領，尚．馬克思。」

穿著外套的紅髮男子手裡拿著一把銀色的槍，他將槍放在會議桌上，笑道：「槍擊士首領格爾布。」

在來鳳凰城的路上，阿卡就聽過不少關於這座城市中，人類與生化人共處的傳聞。表面上是生化人控制了所有的政權，實際上人類群體卻潛入地下，暗中活動。他們比生化人更狡猾，也更懂得隱藏自己。

事實上經歷了幾次與機械兵團的浴血奮戰，在這個年頭，人類已所剩無幾。也正因為如此，活下來的大多是精英分子。他們看似居住在城市的不同角落中，安於現狀，實際上卻是全民皆兵，拿起武器就能打仗。

「傭兵協會是目前人類的地下政權，」灰熊沉聲道，「只要是鳳凰城中存活的人類，都會接受我們的調遣。」

「我知道你們。」黑石淡淡道：「你們採取傭兵制，參與生化人與『父』之間的戰爭。」

「是的。」灰熊又道，「但那名生化人軍官對我們並不熟悉，我想這是我們互相瞭解的好機會。既然你是人類，那麼人類陣營無論在什麼時候，都會站在你的身後，堅定地支持你。」

莉莉絲打開一本筆記本，說：「飛洛告訴我，你是人類的救世主，並帶著一個祕密回來，請求我們的幫助。這個祕密在見到我們之前，暫時無法揭露，沙皇才剛與你接上頭，你就槍殺了反抗軍的生化人統帥麥克西將軍，我希望你能給我們一個合適的解釋。」

「現在動亂已經無法收拾了，」灰熊又說，「生化人軍團包圍了街區，你必須證明你確實有拯救我們的能力，否則我們無法處理這麼混亂的局面，救世主。」

「我會證明的，但不是現在。」黑石冷冷道，「麥克西的晶片找到了沒有？」

「被一名生化人趁亂搶走了。」紅髮男人笑了笑道，「沒有晶片，我們無法證明他被『父』控制，那你就是謀殺麥克西將軍的凶手。」

「那也是我的戰友，」黑石道，「他叫飛洛，派人出去找到他。」

「你欺騙了我們。」沙皇表情不悅，「我以為你會用什麼辦法揭穿麥克西的身分，這就是你的辦法？」

黑石冷靜地回應：「子彈就是最好的辦法。」

沙皇憤然起身，一把抓住黑石的衣領，怒吼道：「你把你那婊子養的小姘頭安插在老子的店裡，就是為了來這麼一套？」

「你說誰是姘頭！」聽到自己被形容得如此不堪，阿卡以機械臂抵住沙皇的後腦勺，怒道，「我根本不知道黑石會回來！」

黑石依舊冷靜，對著阿卡道：「坐回去，你的傷還沒有好。」

阿卡猶豫了一下，還是收回了機械手臂。

沙皇冷笑道：「小子，不簡單嘛，敢拿我店裡的機械來對著我的腦袋，是不是還想開槍？」

「放開他。」阿卡道。

沙皇怒而鬆手，放開黑石的衣領。

「上千人因為你那一槍而死。」那女人帶著威脅的意味說道，「局面已經無法控制。」

「該來的總是會來。」紅髮男人笑道，「這是大家都無法預料的事，人類和生化人之間的矛盾，不是你不去提，它就不存在。」

「好了，別再吵了。」灰熊轉而看向黑石道，「聖子，我想聽聽你的意見。」

灰熊叫出了一個奇怪的稱呼，這稱呼阿卡從來沒聽過，他懷疑地看著黑石，黑石沉吟片刻，而後道：「讓安格斯過來談判。」

「然後呢？」沙皇道，「你覺得他會來嗎？」

「找到飛洛，他手中有麥克西掉落的晶片，」黑石又道，「讓安格斯自己處理。」

灰熊道：「事態有變，我們不能確信安格斯是否也被『父』所控制，萬一他也是『父』的奸細，或者在他身邊有麥克西的人……」

「那麼你們就都完了，及早準備後事吧，會長。」黑石無所謂地說，起身拿起大衣，朝阿卡伸出手，帶他離開了會議室。

兩人走進傭兵協會辦事處的一間休息室，並肩坐在床上。

阿卡拿出先前自己轉交給黑石的晶片翻來覆去地看，黑石則把玩著手裡的小刀，沉默不語。

阿卡瞥了一眼黑石，和剛撿到他時相比，眼前男子的外表和性格毫無兩樣，但最驚人的是，他的身分及過去。

黑石到底算什麼？人類嗎？還是古代製造出來的一個具有智慧的人造生命體？

「看什麼？」黑石被阿卡盯得受不了，轉頭問道。

他們並肩坐在床上，阿卡側過頭看著黑石，黑石也轉過頭看著阿卡，兩人的臉龐靠得很近，那一刻，阿卡感覺到黑石似乎有點不太自在。

「沒……沒什麼。」阿卡道。

黑石別過頭去，問：「你會做解碼器嗎？」

阿卡頓時想起來了，先前一路逃亡，沒有可用的設備，讀不出晶片的內容，但現在可以。只要材料齊全，他很快就可以做出晶片專用的解碼器。

「能。」阿卡道，「我去找材料。」

「不用你去。」黑石拿了張紙給阿卡，叫他列出所有材料後，出去叫了個人，把紙條遞給對方，材料很快就來了。

阿卡戴上技師的金屬眼鏡，開始組裝光纖板與複雜的機械。他先是用線圈接上晶片，破譯晶片使用的語言，然後頭也不抬地問道：「黑石，你是人類嗎？」

黑石答道：「工作時專心點。」

阿卡推起眼鏡，看了黑石一眼，總覺得自從那次分別之後，黑石對自己的態度就溫和了許多，不會再對他凶巴巴的了。

「我可以一心多用。」阿卡看著他笑了笑，又說，「我看過你流血，你的血液是紅色的，你是人類。」

「算是。」黑石道。

阿卡又問：「你為什麼會知道這些？關於『核』，關於那個緊急應變系統……」

「因為我是造物主留下的排險者。」

阿卡差點電到自己的手指，說：「什……什麼？」

黑石依舊玩著他的小刀，頭也不抬道：「我原本不叫『黑石』。黑石，是曾經進入遠古之心的冒險家們另外建造的另一間實驗室的名字。」

阿卡道：「你……你想起自己完整的來歷了？」

「沒有。」黑石漫不經心道，「這段記憶並不在我的腦海裡，而是遠古之心當中的紀錄告訴我的，畢竟我不可能知道在我沉睡時發生的事。」

「那你真正的名字是什麼？」阿卡問道。

黑石答道：「我沒有名字，你為我取名叫黑石，也可以這麼叫我。」

「那你活了多久了？」阿卡繼續問道。

「比你想像得要久。」黑石道，「我每五千年會醒來一次，查看遠古之心是否受到破壞。」

這時，阿卡早就將晶片的事拋諸腦後，怔怔地看著黑石。

「所以你的身體才這麼強壯啊……」阿卡道，「原來你不是人類。」

黑石微微點了點頭，算是贊同，「不僅如此，我還懂得你們人類畢生也無法掌握的知識。只是那群人類小偷進入了遠古之心，也把我偷了出來，切斷能源以後，我的許多記憶都被破壞了。」

阿卡嘆了口氣，黑石又道：「所以我花了將近三個月，才把記憶碎片拼湊起來。切斷能源之後，我本來差點在大海中衰竭而死。」

「你記得造物主長什麼樣子嗎？」阿卡問，「他們為什麼要建立星盤這麼大的實驗室？」

「你的手停下來了，專心做解碼器。」黑石漠然道。

阿卡只能低下頭，對照一本解碼字典解析顯示幕上的晶片符號。這下他終於明白了，黑石為什麼會這麼強，看來他的能力遠不止如此……

「……也就是說，」阿卡盡量輕鬆道，「那個緊急應變系統，需要由你去開啟？」

黑石沒回答。

「這個任務會有生命危險嗎？」阿卡忽然問。

黑石一愣，把玩著小刀的手滑了一下，被割出一道小傷口，流出些許血來。

阿卡正要起身過去看，黑石手上的傷早已癒合。阿卡拉著他的手指摩挲，又抬眼與他對視。

黑石的眉毛擰了起來：「這對你來說很重要嗎？」

阿卡又坐回去，組裝他的晶片讀取器。

如果黑石死了，『父』會毀滅，而人類與生化人都能得到一個美好的家園，他會願意讓黑石去死嗎？換成阿卡自己呢？阿卡一邊開始解碼晶片，一邊思考這個問題。

「具體的操作過程是什麼？」阿卡忍不住又問。

「我只負責監控，不負責開啟，」黑石道，「你猜錯了，開啟緊急應變系統跟我沒有關係。」

阿卡這才鬆了口氣，「那……等到消滅了『父』，你會繼續睡覺嗎？還是會作為一個人類活著？」

黑石道：「實驗室已經毀了，休眠艙也被你丟了，怎麼睡？」

阿卡笑了起來，說：「謝謝你。」

黑石皺起眉頭，不懂這段對話怎麼會接到這裡來的。

阿卡解釋道：「謝謝你幫助我們的一切，如果能完成這個使命，我們就一起生活吧，我的床可以讓你睡。」

黑石淡淡道：「我還沒打算做這麼多，只打算把晶片交給安格斯。」

「你會的。」阿卡笑道，「你喜歡人類，不喜歡機械軍團。我知道你心底願意幫助我們。」

「到時候，去開啟緊急應變系統時，可以讓我和你一起去嗎？」阿卡又問。

黑石想也不想便回絕了：「不行。」

阿卡道：「我能幫上你的忙。」

「那地方就在『父』的地底，不可能帶你去，」黑石冷冷道，「你覺得你能做什麼？」

阿卡固執地說：「到時候不就知道了。」

黑石悶哼一聲，不再與阿卡交談。

將解碼器組好後，阿卡發現自己確實獲得了一項能力——他的雙眼，能看見所有機械體的結構。彷彿感知的觸覺在沒有生命的東西上能隨意延伸，讓他只需要拆卸一次，就可以熟練地將機器組裝起來。

他把晶片插在解碼器的插槽裡，牆上投影出了一個人的樣貌。那正是當初他們在地底碰上的，奄奄一息的卡蘭博士。

聲音沙沙作響，人像相當模糊，卡蘭開口道：「生化人軍團的統帥，我的後代……」

阿卡頓時緊張起來，黑石起身，前去關上了門，與阿卡一同站在桌前，觀看那段投影。

「你也沒看過？」阿卡小聲道。

黑石極其緩慢地搖頭。

電流聲持續響起。

「……我是你們的父體卡蘭……」

黑石道：「他就是當初進入遠古之心的四名冒險家之一。」

「相信你們已經收到了我的上一段通訊，並派出軍團，前來摧毀人造之神。我的壽命已經走到盡頭了，即將無法再繼續協助你們……不管是哪一位統帥，都請記住接下來我要說的話……

「在規劃最初的生化人設計圖時，我留下了一個可控機制，在你們的大腦中，有個地方預留了一塊廢棄的植入晶片。『父』利用了這點，發射電波啟動了它們。起初你們並不一定能意識到晶片的存在，它會隨著電波的作用而明顯增強控制效果……」

阿卡道：「糟了……」

黑石做了個手勢，讓他先別開口。

牆上又出現了一連串的身體結構圖，開始解析生化人的弱點。

卡蘭博士又說：「你們必須小心，『父』在生化人群體內埋伏下的奸細。人類是你們永遠的盟友，他們不受『父』的任何影響，得到這個消息後，請向人類求助。

「而星盤之核的位置，就在『父』的最下方，它通過純能量的流動來影響整個大陸，『父』的資訊管在這些年中，已朝著核不斷延伸，還有不到一百天，『父』就將完成與核對接的整個過程，屆時它將永遠地控制這個星盤世界。

「去尋找黑石實驗室中的神之子，他歷經十萬年，每隔五千年會醒來一次。神之子最初的宿命，就是在星盤世界面臨崩潰之際醒來，並拯救它。他愛護大地上一切的生命體……」

Chapter.10
停機口令

「這是說你嗎？」阿卡看著黑石問道，「怎麼不像是在說你。」

「……」黑石陰沉著臉。

卡蘭博士又道：「神之子是唯一能將『父』停機的人，找到他後，你們需要悉聽他的真言，履行他的命令。我的時間已經不多了，我將我的基因能力提取出來，灌注入這管疫苗之中……」

「希望在你們到來時，真實之眼的能力還能發揮作用，得到疫苗能力的人，能夠解析一切結構，協助神之子，進入星盤之核……」

阿卡恍然大悟道：「原來……這就是他給我的疫苗。」

「這是他們從遠古之心裡偷來的，是本來並不屬於他的能力。」黑石說明道。

阿卡突然想到，「對了，他讓我帶你進去星盤之核耶，太好了，這樣你就甩不掉我了！」

黑石頓時無言，他抓起阿卡的衣領，瞪著他，阿卡只是笑吟吟的。不知道為什麼，他覺得黑石非常親切，是個好人。就算平時裝出的那一副生人勿近的表情，也只是用來唬人的。

就在這時，敲門聲響了起來。

灰熊低沉的聲音隔著門傳來，「出狀況了。」

黑石把晶片從解碼器上取下，兩件物品都交給阿卡，阿卡便收進隨身的工具包裡。黑石又沉默片刻，似乎在想事情。

灰熊再次敲門，問：「聽得見嗎？發生什麼事了？再不開門，我就要撞門了。」

黑石示意阿卡去開門，阿卡把灰熊放了進來，灰熊比黑石還高，居高臨下地看著他說：「你的朋友不願意過來。」

黑石道：「理由。」

「他認為你欺騙了他，因為你只是讓他在混亂中試圖撿取一件從麥克西身上掉落的晶片，卻沒說你要狙殺麥克西將軍，這令他背上了叛國罪。」

「我只是用最直接且最快速的方法完成這個任務。」

灰熊扶著額頭，一臉無奈道：「那麼你就得說服他。」

「讓我和他通話。」

「找不到他，他告訴我們的傭兵這件事後，就失蹤了。」

阿卡卻道：「我有辦法。派西呢？我帶派西去找他。」

黑石看了阿卡一眼，有點猶豫，灰熊道：「我陪你們去吧。」

派西正在小房間裡，敲打著他的發報機，阿卡一推開門，派西馬上就停了。然而只是短暫地停了一小會兒，便又繼續用密碼敲打。

「你能聯絡上飛洛嗎？」阿卡問道。

「可以。」派西輕輕地說，「阿卡，你受傷了嗎？」

阿卡「嗯」了一聲，派西問：「傷在哪裡？重不重？」

阿卡到他身邊坐下，搭著他的肩膀，牽他的手摸到自己的腹部。傷口已癒合了，留下一個彈孔的疤。

派西說：「飛洛非常生氣，說會想辦法救我，他覺得黑石騙了他。」

阿卡說：「你能說服他嗎？」

派西遲疑了一下，還是回答：「我試試看。」

「我們得找個地方和他當面談談。」阿卡說，「先約個地方見面吧，只有我們和傭兵協會的會長。」

派西發報過去，這一次對方猶豫了很久，最後終於答應了。

阿卡與派西、灰熊離開傭兵協會，前往約見地點。派西問：「你還沒告訴我，發生了什麼事？」

阿卡不敢把黑石的使命告訴他，只說了麥克西被控制的一部分，派西點了點頭，不作評價。

飛洛站在一片廢墟裡，看到阿卡來時便眉頭深鎖，說：「派西，到我身邊來！」

黑石卻無聲無息地出現在他們身後，飛洛頓時火冒三丈，上前就要和黑石打架，怒道：「朋友，這就是你對我的報答？」

黑石道：「他已經被控制了，必須儘早除掉他，我不知道你們有多少人被『父』啟動了控制晶片，所以不能告訴你，以免走漏消息。」

「你——」飛洛把黑石按在牆上，舉起拳頭。

「別打架！」阿卡忙上前去，他還是滿喜歡飛洛這個朋友的，大家一起逃出機械之城，一路同生共死。

飛洛狠狠地看了阿卡一眼，又看向黑石，想再說點什麼，還是忍住了。

阿卡伸出手，「把晶片給我，兒子你領回去。」

飛洛拿出帶著血的晶片，甩在黑石臉上。

「你是來幫他們人類的，」飛洛憤恨道，「你會殺了所有的生化人，我一開始就不該相信你！」

說著飛洛一拳狠狠地揍在黑石英俊的臉上，揍得黑石朝後摔去。

「飛洛！」阿卡上前拉住他。

飛洛道：「後會無期。」

說完，他牽起派西的手，轉身走了。

阿卡上前看黑石，黑石擺手示意沒事。阿卡看他的表情，似乎有點失落。

「飛洛其實人不錯……」

「沒什麼好說的。」黑石沉聲道，「走吧。」

傭兵協會的會議室內，眾人沉默，都盯著桌子中央的一個通訊器，黑石坐在會議室長桌的主位上，阿卡則拿著黑石的武器，在角落裡研究端詳。

通訊器裡突然響起一個男人的聲音：「安格斯答應談判了！願意親自過來！」

阿卡一愣，難道派西成功說服了飛洛嗎？

黑石說道：「讓他自己一個人過來。」

通訊器裡的信使去轉達，片刻後，阿卡聽到傭兵協會的大廈外，唱起了《黑色大地》的軍歌。

他湊到窗前去看，此刻的鳳凰城已近薄暮時分，天色晦暗，戰火四起，街道被轟炸得一片焦黑，四處都是燃燒著的火焰。傭兵們湧向街頭，唱著《黑色大地》，擠在道路兩旁。

有一個人正從黑色的道路上走來，傭兵們紛紛自發性地讓開一條路。那人戴著軍帽，應該就是安格斯將軍。

樓下有人通傳，灰熊便上前去將會議室的大門打開。生化人進來了，摘下軍帽，掃視室內眾人。

「請坐。」黑石道。

氣氛彷彿凝固了一般，安格斯道：「你必須先證明你的身分。」

黑石道：「我想讓你看一段資訊，再來談我身分的事。」

阿卡從包裡掏出解碼器與晶片，開啟，立體投影上出現卡蘭博士的身影與聲音。

「生化人的統帥，我的後代……」

一時間，會議室內靜謐無聲，直到晶片內容全部播完，黑石又手指一彈，那塊從麥克西腦中取出來的，一個小小的控制器晶片旋轉著滑過長桌，慢慢地停在安格斯面前。

「我是排險者，造物主之子。」黑石淡淡道，「我來審判你們。」

那一刻，阿卡依稀有種錯覺，黑石彷彿真的是一名神祇，他的聲音充滿威嚴與震怒，令人不自覺地為之壓抑。

安格斯拾起晶片，看了一眼。

「坐在這裡的，有人類的代表，以及生化人的代表。」黑石道，「審判開始。」

所有人的呼吸為之一滯。

「在過去的兩萬年裡，你們作為星盤上被孕育出的生命，改變了這個世界，消耗了星盤之核中的能源，並殘殺彼此，這是同族之間情感扭曲的具體表現。」黑石的聲音裡不帶任何感情，彷彿是以旁觀者來闡述某種現實，「作為實驗體，你們都是不合格的生物。」

「你們毀壞了培養皿中的環境，並窺探了造物主的用意，偷出造物主留在遠古之心中的毀滅者，並催生了它。」黑石的聲音低沉而沙啞，「星盤上的環境，已無法再提供你們生存所需要的一切，根據實驗的發展方向，這場實驗已毫無意義……」

「這不公平……」安格斯的聲音發著抖。

傭兵協會的高層終於反應過來，灰熊道：「這不公平！」

「沒有人能決定我們的命運！」安格斯激動地起身，一拳捶在桌上，「而且我們祖先犯下的過錯，不該由我們來承擔！」

「坐下。」黑石平緩的嗓音中，毫無情緒。

會議室內一陣寂靜。

「我說，坐下。」他再次面無表情地重述一次。

安格斯竟是不敢違拗黑石的命令，恐懼地坐下。

「這不公平，」灰熊苦笑道，「沒有任何人能決定人類與生化人的命運。」

「有。」黑石道，「你們放出了毀滅者，它將決定你們的未來。」

「我們不是實驗資料，」安格斯梗著脖子喘息著，彷彿想證明黑石的荒謬，「我們是有智慧、有自主意識的生物，我們與造物主是平等的！」

黑石搖搖頭道：「這並不構成保留實驗的原因。」

「這不公平！」安格斯彷彿失去了理智，無法控制地大吼道。

黑石馬上把手一攤，手上的臂環飛速組合，成為一把兩公尺長的電磁狙擊炮，炮口抵著安格斯。

「三。」黑石冷冷地說。

廳內一片死寂。

「二。」

「黑石。」阿卡顫聲道。

安格斯退後，黑石把狙擊炮一抖，在刺耳的金屬摩擦及旋轉聲響中，狙擊炮恢復原狀，卡在他的手腕上。

只差一秒的時間，安格斯就會被轟成灰燼，這名生化人的統帥暫時撿回了一條小命。

「所以我們都得死嗎？」沙皇笑了起來，「喝一杯吧，反正離死期不遠了。」

灰熊卻注視著黑石雙眼，一字一句道：「我想你來到這裡，不是為了告訴我們一個無可挽回的結果。」

黑石的手指無意識地在桌上敲了敲，說：「我需要人類與生化人的軍隊全部出動，為我吸引『父』的火力，並需要一隊人，掩護我們潛入機械之城。

「我還需要一段『父』的核心代碼。這段代碼根據我的調查，目前發現有兩個部分，一部分在麥克西的腦子裡，就是這個。」

黑石出示了手中的晶片。

「而另一部分，如果我猜得沒錯，應該是在你的手裡，安格斯將軍。」

安格斯看著晶片，不住發抖。

「這兩部分晶片各自控制輸入與終端兩大功能，齊備後就能將『父』的底層核心區域短暫停機。停機後『父』雖然還能攻擊，卻會停下核心區的幾個重點對外防禦系統，這樣我們才能順利進入連接星盤的通道。

「除此之外，我還需要我的機械師隨行，你們考慮清楚以後給我答覆。」

會議室內的所有人一凜，灰熊問：「你想做什麼？」

「與核對接。」黑石答道，「拯救你們。」

「我不會相信你，」安格斯冷冷道，「我們所有的生化人兄弟，不會把未來押在你這個陌生人身上！」

「冷靜！將軍！」灰熊沉聲道，「人類與生化人必須聯合起來，這是我們最後的機會了。」

安格斯怒吼道：「這個人簡直就是瘋子！我不會接受他的條件！」

黑石正要說「隨便你」時，無意中一瞥，看見阿卡求助的目光，便改變了主意，淡淡道：「你走不了的。把終端晶片交出來，我知道你手上還有停機口令，安格斯將軍。」

安格斯皺起眉，罵道：「一派胡言！」

他正起身要走，灰熊卻道：「請留步，將軍！」

安格斯驀然回身，掃視廳內傭兵協會的高層，以及門口持槍站崗的衛兵，安格斯怒吼道：「難不成你們還想把我扣押下來？」

沙皇看了灰熊一眼，灰熊道：「開始投票。」

「一票。」沙皇懶懶舉手，順手將一把帶著傭兵協會標誌的手槍放在長桌上。

「一票。」格爾布笑道，把槍解下來，放在桌上。

「贊成。」莉莉絲溫和地說，把一朵金制的玫瑰胸針交了出來。

「贊成。」尚．馬克附和道。

灰熊坐在長桌的盡頭，沉默地注視著安格斯將軍，許久後發話。

「安格斯將軍，為了人類與生化人的未來，你不能離開。」

會議室內沒有人說話，灰熊又道：「給我們停機口令，生化人可以不參與這次行動，過程由我們人類一力承擔。」

安格斯上前幾步，語氣充滿了威脅，冷冷道：「絕不。」

「把他帶下去，」莉莉絲道，「造物主之子，請您先回去休息，一有消息，我們馬上通知您。」

黑石起身，點了點頭，意味深長地瞥了會議室內的眾人一眼，才和阿卡一同離開。

傭兵協會為了不讓人打擾他們，給他們空出了一間在頂樓的小屋，天臺上有一座不大的花園，是歷任會長的居住地。夜空中機械飛行器來來去去，探照燈的黃光掃向地面，遠方還有聽不清的波段通訊沙沙作響。

夜裡，阿卡不知道為什麼醒了。他看了一眼睡在自己身邊的黑石，輕手輕腳地爬起來，走出小屋，吸了一口新鮮空氣，繼而爬上屋頂，抱膝坐在高處，眺望鳳凰城全城。遠處的生化人政權中心大樓燈火輝煌，令他想起逃出機械之城的那一天。

黑石也起來了，阿卡轉頭看了一眼，示意他也上來。兩人並肩坐在屋頂，望向遠方，一時間都沒有交談。

「你也睡不著？」阿卡問。

黑石不回答。

阿卡自言自語道：「飛洛和派西現在也不知道怎麼樣了。」

他靠在黑石的身上，遠方黑暗裡的流火將夜空隱約映得通紅，傭兵協會還沒有人來通報，明顯是還沒問出停機口令。

「你其實不必那樣對待飛洛。」阿卡說。

「我不懂你們人類和生化人的感情。」黑石漠然答道。

阿卡想起飛洛揍黑石的那一幕，黑石居然沒有還手。不知道為何，這個小細節一直存於他的心裡，令他總是忍不住想起來，反反覆覆地想了很多次。

阿卡總覺得黑石從存在的意義上來說，更像一臺造物主留下的機器——當然事實與否，只有他才知道了。理論上神的使者，是不具備感情的，就像「父」一樣。

「我覺得……」阿卡遲疑道。

「什麼？」黑石說。

阿卡有點忐忑，看著黑石，說：「你覺得自己有人類的情感嗎？」

腦中閃過從見到黑石的第一面，直到與他分開，又重逢，除卻逃亡過程中的純粹情緒反應，黑石是具有人類情感特徵的。而且隨著他們一路深入認識彼此，這種特徵越來越明顯。

從自己在下水道中受傷，黑石流露出來的那一分緊張，阿卡便明確地感覺到了。雖然這種感覺馬上被接下來黑石揭露出的一些真相所沖淡，但現在回想起來，黑石對他有關心的感情。

「沒有。」黑石說。

「有的。」阿卡堅持道，「我覺得你有，你其實是按照人類的模式設計的。」

黑石淡淡答道：「造物主在製造我時，根本還沒有人類，也沒有生化人，你覺得這可能嗎？」

阿卡想想也是，但他仍然答道：「是這樣沒錯，但造物主也是智慧生物，你又怎麼知道他們不像人類一樣呢？」

「不可能。」黑石想也不想便答道，「邏輯、聯繫、識別、判斷，這些是理性，而喜怒哀樂，是感性。」

「但你也會生氣，會不耐煩。」阿卡嘗試著朝黑石解釋人類的靈魂，黑石卻看也不看他，凝視遙遠的夜空。

「基礎理性是判斷與觀察，上層理性則是感知與分析，」黑石解釋道，「同理，基礎感性是受外界刺激後產生的情感反應，包括各種情緒，這些是生物基礎。而上層感性，則是我不具備的東西。」

「上層感性是什麼？」阿卡說。

「上層感性。」黑石想了想，告訴阿卡，「就是你們人類特有的體悟、直覺、悔恨，以及稱之為『愛』的東西。」

阿卡又說：「可是當飛洛朝你出手的時候，你為什麼不避開，也不還手？」

黑石一怔，阿卡觀察他的臉色，笑著說：「所以，其實你和我們人類是一樣的，有著非常複雜的情感，你還會覺得孤獨，沒有安全感。」

黑石只是短暫地沉默，便恢復了原本的冷漠神態，答道：「因為我確定他的出手只是洩憤，動機並不是想殺死我。」

「那你為什麼要接受他的洩憤呢？」阿卡又問。

這次黑石不得不認真考慮，沒有回答，搖了搖頭。

阿卡又說：「和飛洛決裂後，你的心底是不是有種不太舒服的感覺？」

黑石繼續保持沉默，阿卡卻知道他現在一定在思考，思考一些連他自己也沒有意識到的事。就在這時，遠方傳來不清晰的爆炸聲，黑石馬上警覺，瞇起眼眺望。

「紅外線望遠鏡。」黑石說。

阿卡回房去翻找設備，就在這時，包包裡的發報機響了，他馬上開啟通訊器，對面那頭傳來派西焦急的聲音。

「阿卡，我看到他們的軍隊正在調動，」派西低聲說，「不知道為什麼又要打仗了，你們快離開那棟大廈。」

阿卡問：「飛洛他在嗎？」

派西連忙回答：「他去勸說軍隊，讓他們不要在現在發動攻擊。為什麼會這樣？不是已經停火了嗎？」

阿卡大致了解狀況了，解釋道：「傭兵協會的人把安格斯將軍扣留下來了。聽我說，派西，保護好你自己，無論如何都不要出去……」

「這太瘋狂了……」派西說，「不能把他放回來嗎？飛洛剛剛和臨時領袖正在大聲吵架，嚇死我了。」

「這小子在朝敵人傳遞消息！」

「殺了他！」

通訊器裡傳來雜亂的聲響，阿卡馬上就變了臉色，「派西！」

派西發出一聲尖叫，彷彿被什麼人抓了起來，通訊被切斷，阿卡跪在床前，不停喘氣。

黑石在阿卡身後，聽到了他們通訊的全部過程，說：「我去通知灰熊。」

戰爭突如其來，第二次攻勢比第一次更狠，鳳凰城註定在這個不眠之夜裡再次經歷戰火浩劫。六臺機械飛行器從北面的高樓駛來，飛向人類聚集地，整個西區一瞬間都醒了。

傭兵協會的大樓內一片混亂，黑石沿著樓梯衝下來，問：「安格斯願意交出口令了？」

「還沒有！他無論如何也不答應！」灰熊道，「必須先打退他們的攻勢一次！傭兵們，拿起你們的武器，準備作戰！」

「轟」一聲巨響，彷彿整棟大廈都搖晃起來，飛行器發出千萬光彈，掃碎了大樓的玻璃，生化人開始搶攻，以期救出被困的安格斯。現場一片混亂，黑石護著阿卡，兩人衝出大樓。

黑夜裡戰火四起，灰熊的聲音在廣播中響起。

「人類的弟兄們！請支持我們！」

「我們已經找到了機械之城的弱點，勝利指日可待！現在是最艱難的時刻，麥克西背叛了我們，背叛了聯合陣營……」

人類與生化人爭奪資源日久，聽到這話，紛紛發出怒吼，手持槍械投入戰鬥！然而生化人的火力實在太猛，三輪掃射，頓時壓制了人類的反抗勢力。阿卡戴上機械臂，黑石手上的臂環幻化成一架重型機槍，將迎面衝來的飛行器擊落。

人類與生化人的飛船化作火球，接二連三地墜下，轟然作響。

一時間無處藏身，阿卡正要朝人少的地方逃離，旁邊卻衝來一個人，捂住他的嘴，把他拖離了即將傾倒的大廈！

黑石臉色一變，卻發現對方是飛洛。

「你們究竟在做什麼！」飛洛怒吼道。

阿卡在昏暗的天空下大聲向飛洛解釋了全部的經過，飛洛焦躁不安地噴了口氣，看著趕來的黑石。

「你兒子呢？」黑石問。

「被反抗軍扣押了，因為他向你們傳遞消息。」飛洛道，「跟我走。」

飛洛始終沉著臉，帶著黑石與阿卡繞過防線，靠近反抗軍的根據地。來到一個通風口前之後，他說：「阿卡，我知道你能打開這個管道的入口，沿著地下通風設施爬上去，就能到達中央統戰部。」

阿卡抬頭，望著籠罩在黑暗裡的大樓，高處還有警衛機在來回盤旋。他果斷地戴上技師的紅外線眼鏡，從包裹中翻找工具，嘗試解除此處的保全系統。

黑石與飛洛沉默地在一旁站著。

黑石問道：「為什麼又回來了？」

飛洛生硬地回答道：「派西被抓了，也關在統戰部裡，我必須把他救出來。」

「停機口令記錄在晶片裡。」黑石似乎毫不關心派西，直接切入重點道，「不出意外，裡面應該有三十億兆資訊的代碼。」

飛洛沉吟片刻，答道：「我不清楚安格斯將軍把它放在什麼地方，理論上，李布林既然得到了它，應該至少會有一個備份。我帶你們進大樓裡，找找看他的遺物，說不定會有收穫。」

阿卡詫異地問：「這個口令為什麼會在你們生化人的手裡？」

「你以為全面進攻機械之城，是說著玩的嗎？」飛洛道，「如果不是黑石提到停機口令，就連人類也不知道這件祕密武器。」

阿卡瞬間就想起來了，剛撿到黑石的那段時間，李布林做了周密而萬全的布置，調動所有軍隊，撲向機械之城，或許就是倚仗著手中的停機口令。

「對。」阿卡說，「反抗軍中心一定有備份！謝謝你，飛洛！」

飛洛冷冷道：「我並不打算幫助他，只是以目前的情況來看，只有取得口令，才能停戰，否則不等機械兵團攻過來，我們勢必會先死在自己人手裡。」

黑石淡淡道：「這是你們的原罪。」

聽到這話，飛洛立即勃然大怒，揪著黑石的衣領，怒道：「你再說一次！」

「別打架！」阿卡蹲在通風口前，試著阻止飛洛一觸即發的怒氣。

飛洛狠狠地哼了一聲，推開黑石。

黑石又說：「李布林還是死了。」

「之所以沒有絕望，」飛洛又說，「正是因為安格斯知道，關閉『父』的終端晶片還在我們手裡。」

黑石冷笑一聲，「愚蠢，就算兩塊晶片都得到了，也只能短暫地停下它的核心區域三分鐘的時間。三分鐘後，周邊的防衛設施，以及機械兵團依舊會照常運轉。這些情況，你一點也不覺得奇怪嗎？」

飛洛忘了與黑石的摩擦，抬眼看著他的雙眼，問：「什麼？」

「先前的軍團行動。」黑石漫不經心道，「只是『父』利用麥克西親自布下的一個陷阱。」

「什麼！」那一刻，飛洛露出極度不敢置信的表情。

黑石解釋道：「麥克西被『父』操縱了，他從造物主的實驗室裡得到了這兩塊原始晶片，從而得知核心區停機口令，並欺騙了李布林與安格斯，告訴他們，這是完全摧毀『父』的唯一機會。」

飛洛顫聲道：「所以……包括李布林將軍在內的，反抗軍的最強戰鬥力，被騙去了……機械之城。」

「是的。」黑石淡淡道，「一切都在那臺電腦的預設之內，李布林以為手中的停機口令能拯救這個世界，於是發動了總攻擊，果然失敗了。」

咔嚓一聲，通風口外的保全系統已解除。

阿卡起身道：「好了。」

飛洛喃喃道：「如果麥克西將軍早已布下後手，說不定晶片已經被他毀了。」

「不一定。」黑石的語氣裡不帶任何感情，隨口道，「『父』還沒有完全剿滅你們，或許它還會利用原始晶片再布下一次相同的陷阱，只是麥克西的計畫才進行到一半，就被我狙殺了。」

「祈禱吧。」黑石說，「為了你們的未來。」

說畢，黑石一彎身，鑽進了通風口。

三人在通風口內攀爬，前方滿是縱橫交錯的雷射，每到靠近雷射時，阿卡便掏出一個自製的卡片，貼在保全感應系統上，一整段路的雷射便「嗡」一聲消失了。

「你什麼時候變得這麼強了？」看著阿卡熟練的動作，飛洛疑惑地問。

阿卡道：「離開機械之城之後。」

「他一直都是這樣。」黑石在前面以手肘一點點地挪動，答道，「在機械之城時，他就能自己研製人型機甲了。」

遠方爆炸聲不斷，三人來到一個分岔路口，飛洛低頭研究管道內的螢光地圖，說：「關押派西的地方就在左手邊，我得馬上去救他，否則天亮時他就會被處決。」

阿卡道：「一起去吧。」

飛洛卻道：「你們去找口令，以大局為重。」

三人沉默片刻，飛洛難得地笑了笑，說：「我會救出派西的，放心。」

黑石在黑暗裡伸出一隻手，看著飛洛的雙眼，飛洛靜了一會兒，伸出手，與他重重一握。這個動作意味著兩人和好了，飛洛便打開管道蓋，跳到外頭的走廊上。

黑石與阿卡繼續往前爬，阿卡笑了起來。

「笑什麼？」黑石彷彿能在漆黑不見五指的通道間感覺到阿卡的任何動作。

阿卡莞爾道：「飛洛是個不錯的朋友。」

「少廢話。」黑石又有點不耐煩。

黎明時分，阿卡一直惦記著派西的生死，外面的天色漸漸亮了起來。黑石一腳踢掉通風口的鐵窗。

「待會兒再下去。」黑石道。

黑石躍下去的瞬間在半空中旋轉身體，甩出一道電磁長鞭，劈里啪啦，守衛機器人全部毀壞。

確定危險全部排除之後，阿卡才從通風口下來，踩著黑石的肩膀，落在辦公桌上。

「快點。」黑石說，「這裡的守衛馬上就要來了。」

阿卡開始破解桌上的密碼鎖，黑石等得不耐煩，讓他退後，抵著桌子就是一槍！

槍聲巨響，阿卡大叫道：「你不能暴力破解！否則檔案會自動銷毀的！」

這一槍驚動了更多的守衛，黑石道：「來不及了！快找！我去幫你擋住守衛！」

走廊裡傳來腳步聲，居然是生化人士兵。黑石一陣風般地衝出去，背靠大門，阿卡發著抖在抽屜裡翻找，裡頭全是文件。

外面有人吼道：「什麼人！」

緊接著是連續的槍響聲，門上被射穿一個彈孔，鮮血滲了進來，阿卡的心中猛地一緊，喊道：「黑石！」

「辦好你的事……」黑石的聲音時遠時近，明顯是在跳躍。阿卡翻遍抽屜，都沒有找到，緊接著把破解磁卡插入第二個抽屜，開始解密碼鎖。

停機口令這麼重要的東西，會放在這種地方嗎？阿卡沉吟片刻，不得不轉而朝另一個方向思考，推測可能收藏磁片的地點。然而安格斯的辦公室是唯一的線索，否則要在這座大樓中尋找一個小小的記憶體，簡直就是大海撈針。

「你還有三分鐘時間。」黑石在外面喘息道，「這裡的警衛不好對付。」

「別催我！」阿卡沉聲道。

究竟在哪裡？阿卡的緊張感幾乎已到了臨界值，警衛越來越多，如果不盡快找到關鍵物品，他們兩個勢必會死在這裡。血液湧進大腦，令他四肢一片冰冷，走廊裡的槍聲及爆炸聲彷彿一瞬間離得好遠好遠。

所有的聲響都消失了，建築結構清晰無比地出現在阿卡眼中，透明得每根鋼筋每塊磚石都纖毫畢現，辦公桌連著地底，有一個電子開啟裝置，線路通向牆壁，連接著內嵌的保險箱。

保險箱前有一個極其複雜的報警器。

「砰」一聲巨響，四周恢復原狀，黑石的聲音再次傳來，聽起來比剛剛更急迫了。

「還沒好嗎？」

阿卡抽出解碼磁卡，旋轉扶手椅上的旋鈕，書架無聲開啟，現出後面的保險櫃。

黑石怒吼道：「阿卡！」

「在！」阿卡大聲道，「別催我！」

他的手不停發抖，旋轉保險櫃的密碼鎖。黑石衝進辦公室，以肩膀抵住門，用電磁光槍焊合一圈，把鐵門焊死。然而門後的生化人警衛開始叫喊，並集中火力射出雷射，鐵門馬上無聲無息地變紅，凹陷下來。

「快點！人太多了！」黑石焦急道。

阿卡屏息，回憶保險箱的結構，黑石轉頭，看著阿卡說：「找到了？」

「最後一個齒輪是什麼位置……」阿卡頭疼無比，黑石又要暴力破解，阿卡馬上變色道，「不行！裡面有炸彈！」

最後一個數字定在0上，阿卡把它旋到1，又旋到0，焦躁無比，卻無法再進入窺探結構的忘我狀態了。

眼看鐵門即將被打開，黑石沉默片刻，說：「賭一次。」

阿卡背上滿是冷汗，說：「不行……太危險了，保險箱裡是高爆炸彈，數字一錯，磁片就會被融掉，我們也會被炸死。」

人類的未來猶如一座巨大的紅黑兩色輪盤，再次在這歷史性的一刻開始轉動，命運的彈珠跳躍著滾向充滿迷霧的位置，一切都決定於這短短的一秒鐘內。

黑石不由分說抓住阿卡的手，朝1的位置一旋，接著按下按鈕。

「抓住他們——」生化人警衛喝道。

——《星盤重啟・上》完

高寶書版集團
gobooks.com.tw

BL005

星盤重啟・上

作　　者　非天夜翔
繪　　者　およ
編　　輯　林思妤
校　　對　林雨欣
美術編輯　林鈞儀
排　　版　彭立瑋

發 行 人　朱凱蕾
出　　版　英屬維京群島商高寶國際有限公司臺灣分公司
　　　　　Global Group Holdings, Ltd.
地　　址　臺北市內湖區洲子街 88 號 3 樓
網　　址　www.gobooks.com.tw
電　　話　(02) 27992788
電　　郵　readers@gobooks.com.tw（讀者服務部）
　　　　　pr@gobooks.com.tw（公關諮詢部）
傳　　真　出版部　(02) 27990909　行銷部 (02) 27993088
郵政劃撥　50404557
戶　　名　三日月書版股份有限公司
發　　行　三日月書版股份有限公司 /Printed in Taiwan
初版日期　2018 年 9 月

國家圖書館出版品預行編目 (CIP) 資料

星盤重啟 / 非天夜翔著 .-- 初版 . -- 臺北市 :
高寶國際 , 2018.09-
冊； 公分 .--

ISBN 978-986-361-568-2(上冊 : 平裝)

857.7　　107010876

三日月書版

三日月書版